THE
TOWER
OF BABEL
바벨의 탑
FANTASY FRONTIER SPIRIT
푸른 하늘 장편 소설

바벨의 탑 12

푸른 하늘 장편 소설

초판 1쇄 찍은 날 § 2013년 10월 25일
초판 1쇄 펴낸 날 § 2013년 10월 31일

지은이 § 푸른 하늘
펴낸이 § 서경석

편집부장 § 권태완
편집책임 § 어정원
디자인 § 이혜정

펴낸곳 § 도서출판 청어람
등록번호 § 제1081-1-89호
등록일자 § 1999. 5. 31
어람번호 § 제1-1698호

주소 § 경기도 부천시 원미구 심곡2동 163-2 서경B/D 3F (우) 420-822
전화 § 032-656-4452팩스 § 032-656-4453
http://www.chungeoram.com
E-mail § chungeorambook@daum.net

ⓒ 푸른 하늘, 2012

ISBN 978-89-251-3532-8 04810
ISBN 978-89-251-3114-6 (세트)

바벨의 탑

[완결]

THE TOWER OF BABEL

FANTASY FRONTIER SPIRIT

푸른 하늘 장편 소설

[마지막 그리고 다시]

Contents

Chapter 1 운명   7

Chapter 2 독일   31

Chapter 3 빌헬름스하펜   57

Chapter 4 탑으로   91

Chapter 5 거짓말   109

Chapter 6 시작   145

Chapter 7 진짜 적   165

Chapter 8 이제 뭐하지?   213

Chapter 9 꽃피는 봄   231

Chapter 10 돌아가자   243

Chapter 11 안녕히~   253

Chapter 12 청혼하러 가자   261

Chapter 13 너 내 딸 할래?   273

운명
Chapter
01

　시리와 마주앉아 있는 진운은 그녀가 내민 찻잔을 들어
한 모금 마시고 있었다.
　벌써 30분째였다.
　시리와 진운이 서로 말없이 마주하고 있는 것이 말이다.
　그리고 찻잔이 거의 비워졌을 때 진운이 먼저 입을 열었
다.
　"독일 어디인가요?"
　─독일 북쪽에 있는 빌헬름스하펜이라는 도시예요.
　"……?"

진운이 독일에 대해서 자세히 아는 것이 아니라 조금 더 설명을 요구했다.

그래서 듣게 된 내용으로 인해 의외로 빌헬름스하펜이라는 도시는 독일에서 중요한 곳 중 하나라는 사실을 알게 되었다.

나름 아는 사람은 안다는 독일의 브레멘이라는 도시로부터 더욱더 북서쪽으로 올라간, 함부르크 서쪽에 있는 북해 어귀의 야데 만과 인접해 있는 항구도시인 것이다.

1853년 올덴부르크로부터 매입한 땅에 1869년 건립되었다가, 제2차 세계대전이 끝날 때까지 북해에 면한 독일의 주요 해군 기지의 하나였다고 한다.

물론 전후 해군 기지는 해체되었다가 1956년 다시 복원되었다고 하니 나름 역사가 깊은 곳이기도 했다.

해군 기지가 있던 곳이다 보니 자연스럽게 중기, 자동차 새시, 전기 설비, 섬유 등의 제조업이 활발하게 발달할 수밖에 없는 곳이라고 한다.

하지만 의외로 독일 내에서는 진흙탕 목욕이 유명한 곳으로 하계 휴양지로도 제법 알려진 여행지 중 하나기도 했다.

물론 이러한 것은 그저 여행 정보에 불과하고, 실제로 진운이 시리의 말을 듣고 독일에서 중요한 곳이라 생각하게 된 이유는 따로 있었다.

바로 운하로 엠덴과 연결되며 송유관이 쾰른과 루르 공업지대까지 연결되어 있는 특성 때문이었다.

그리고 사회과학대학을 비롯한 고등교육기관과 해양생물 및 지질 연구소, 조류 관측소 등이 있다고 하는 말을 듣고서부터다.

즉 주요 석유 수입항이자 산업 중심지로서, 야데만 연안에 대규모의 석유 전용 부두가 건설되었으며 루르 지방과 길이 380킬로미터에 이르는 송유관으로 연결되어 있다는 그것 하나만으로도 이미 뭔가 묘하게 느낌이 오는 곳이었다.

"제법 의외인 곳에 자리 잡은 거군요."

진운은 아무래도 일루미나티가 가장 많이 활동했다고 역사적으로 알려져 있고, 나름 일루미나티 회원으로 알려진 가문이 집중되어 있는 미국을 예상하고 있었다.

그래서 그쪽에 무게를 많이 두고 있었는데, 독일이란 의외의 사실이 나오자 살짝 놀라고 있는 것이다.

하지만 시리는 그런 진운의 생각을 읽었는지,

─일루미나티를 처음 만든 사람은 독일인이에요, 어쩌면 독일에 핵심인 장소가 있다고 해도 딱히 이상할 게 없지 않나요?

시리의 간단한 말이지만 일루미나티의 시작을 알고 있는 진운에게는 오히려 모르고 지나쳤던 것을 다시 일깨워 준 상황이었다.

"…그렇게 생각하면… 그럴지도……."

일루미나티는 18세기 후반 독일인이던 아담 바이샤우트가 신학 공부 중 만든 계몽사상을 기본으로 만들어진 단체이다 보니 확실히 시리의 말도 일리가 있는 말이었다.

─그리고 히틀러가 유태인들을 그렇게 악착같이 몰살시키려고 했던 이유도 바로 일루미나티 때문이기도 하거든요.

"네? 그게 무슨……?"

─일루미나티는 새로운 계몽사상으로 뭉친 이른바 깨우친 귀족들의 집단이에요. 그 말은 자본력이 강하다는 말이죠.

"그야 그 당시 귀족은 돈이 많은 게 당연하죠."

계급사회에서 귀족이라는 말은 곧 권력과 자본력이 있다는 말이나 마찬가지였으니 말이다.

그런데 시리의 말을 가만히 생각해 보던 진운은 그녀가 말하려는 게 뭔지 알았다는 듯 조용히 고개를 끄덕이면서,

"전쟁만큼 돈을 잡아먹는 괴물이 없죠. 그럼 전쟁 때문에……?"

―맞아요, 일루미나티와 유태인은 밀접한 관계가 있었다고 해요. 그리고 신보다 물질이 위에 서도록 해서 세상에 깨우침을 준다는 것이 그들의 목적이라면 물질 중 가장 값어치가 있고, 위력이 강한 돈이 많다는 건 당연하죠.

"……."

그저 진운은 히틀러가 광기에 사로잡혀 인종 청소라는 명목으로 자신들의 게르만족 외에는 다 죽이겠다는 식으로 사람들을 죽여왔다는 생각을 했었는데 시리의 말을 들어 보면 그게 아니었다.

애초에 히틀러는 인종 청소라는 것은 그저 겉으로 보기에 속임수에 불과했고, 진짜 속셈은 유럽을 상대로 하는 전쟁에 소비되는 엄청난 돈을 충당하기 위하여 계략을 짠 것이니 말이다.

그리고 시리의 말을 듣고 가만히 생각해 보면 확실히 히틀러가 특히나 유태인을 보이는 족족 잡아서 죽였다는 것이 이상하긴 했다.

그냥 겉으로 보면 유태인을 싫어해서 그럴 수도 있다고 할 수도 있지만 그렇게 생각하기에는 너무 억지스럽고 이상한 점이 많았으니 말이다.

하지만 돈과 관련되어 있다면 이야기가 달라져 버린다.

유태인들을 보이는 족족 잡아 죽였던 것이 충분히 납득

이 가니 말이다.

미국을 보라, 석유 때문에 일부러 전쟁까지 일으켜서 소유권을 차지하고 있었다.

그만큼 현대전은 무기의 첨단화가 되고 있지만 그 기본은 돈이 바탕에 깔려 있을 수밖에 없었다.

이득이 되면 전쟁을 하고, 이득이 되지 않으면 하고 싶어도 할 수가 없는 것이 현대 사회다.

그리고 사실 히틀러가 전쟁을 일으킨 이유조차 정확하게 아는 사람이 없는 편이었다.

세계 대전이라는 엄청난 상처를 남기긴 했지만, 왜, 어째서, 무엇 때문에 히틀러가 그런 무모한 전쟁을 시작했는지는 정확하게 아는 사람이 없는 것이다.

특히나 그 당시 독일은 전 세계에서 가장 기술이 발달한 나라로 손꼽히고 있었으니 말이다.

영토를 되돌려 받겠다는 식의 전쟁 명분은 누가 봐도 억지스러울 수밖에 없었다.

하지만 생각을 바꿔서 히틀러가 자신이 잡은 정권을 누군가가 반대하고 방해했다면?

그리고 그런 내부의 갈등을 전쟁이라는 것으로 시선을 돌려 터뜨렸다면 충분히 전쟁이 일어날 이유가 되는 것이다.

　그리고 히틀러의 정권에 반대하고 방해한 녀석들이 일루미나티일 가능성이 상당히 높을 수밖에 없었다.

　─인간들의 전쟁은 그냥 기분 나쁘다, 너 싫다, 이런 식으로 일어나진 않죠. 그건 진운 씨가 더 잘 알고 있겠죠?

　진운은 조용히 고개를 끄덕였다.

　모든 것에는 원인이 없는 결과가 없는 법이다.

　아니 땐 굴뚝에 연기가 날 이유가 없는 것처럼 말이다.

　─아마 EU도 미국도 일루미나티의 손에 움직이는 거라고 생각하면 정확할 거예요.

　"그런데 좀 이상하지 않나요? 제가 듣기로 EU는 동맹체제로 미국을 견제하기 위해 유럽이 뭉친 거라고 알고 있는데… 일루미나티가 서로 견제할 이유가 없잖아요."

　진운의 말을 들은 시리는 천천히 고개를 끄덕이면서 입가에 미소를 짓더니,

　─물론 그게 맞는 말이긴 해요. 하지만 생각의 폭을 조금 넓혀보면 어떨까요? EU를 쥐고 흔드는 일루미나티, 그리고 북미를 쥐고 흔드는 일루미나티가 서로 견제가 아니라 어떤 계획하에 둘로 나뉘어졌다면 말이죠.

　"…어떤 계획하에 둘로……?"

　가만히 시리의 말을 듣고 생각을 하던 진운은 순간 뇌리에 스치듯 떠오르는 것이 있어 고개를 들어 시리를 보며,

"설마… 전쟁을 마음대로 조율하기 위해서……?"

—맞아요.

진운이 자신의 의도를 제법 잘 따라와 준 것이 기분이 좋은지 시리는 제법 많이 웃는 모습을 보여주고 있었다.

"전에 김현중 회장이 말했던… 인류말살계획이겠군요."

—물론 그것도 있지만 세계를 쥐고 흔들려면 자본력과 함께 군사력은 필수죠, 그중에서 세계를 움직이는 중심인 미국과 유럽을 손에 쥐고 흔든다면 얼마든지 경제의 흐름을 자기들이 원하는 대로 만들 수 있으니 꼭 인류말살계획이 아니라도 충분히 할 수 있는 거예요, 하지만…….

"……??"

슬쩍 말꼬리를 흘리는 시리의 모습에 진운이 고개를 갸웃거리자,

—아직 저의 능력으로도 도대체 무슨 방법으로 인류를 자신들 빼고 모두 죽여서 세계를 하나로 통합한 단일 국가를 만들 건지 그걸 모르겠단 말이죠.

시리로서도 그동안 정보를 모으고 생각을 해봤지만 현재 지구의 인구는 70억이 넘었다.

정말 바퀴벌레보다 질긴 것이 바로 인간이라는 생각이 들 만큼 엄청난 숫자인 것이다.

인간이 지구의 지배자라는 말을 해도 딱히 틀린 말이 아

닐 정도로 지구는 인간의 손에 의해 움직이고 돌아가는 중이었다.

그런데 문제는 어떻게 같은 생각을 가진 자신들을 제외하고 이렇게 수많은 인류를 모두 처리할 수 있을지는 아직도 알 수 없었다.

과거 지구에 있었다는 대멸종이 발생하지 않는 한 거의 불가능하다는 게 시리의 생각이었으니 말이다.

일루미나티도 결국은 인간들이었다.

그리고 그들은 자신들만의 새로운 단일 국가를 세운다는 목표가 있었기에 빈대 잡는다고 초가집 태우는 그런 짓을 하지 않을 것이니 말이다.

물론 그렇게 머리 나쁜 녀석들의 집단도 아니다.

그리고 지금 시리의 머리를 복잡하게 하는 것은 바로 마신들이었다.

테칸의 경우를 보면 확실히 마신과 일루미나티가 밀접하게 관련이 있어 보였다.

그 말은 어쩌면 진운이 찾지 못한 나머지 마신들이 모두 일루미나티의 핵심이라고 생각되는 빌헬름스하펜에 있을 수도 있다.

최악의 경우 진운이 봉인한 마신 한 명과 소멸시켜 버린 한 명, 그리고 연예인과 함께 움직이는 한 명을 제외한 나머지 69마신을 상대로 싸운다는 생각까지 해야 했다.

　재수 없으면 지도 상에서 영원히 빌헬름스하펜이라는 곳은 사라질지도 모를 만큼 결과를 예측할 수 없다는 것이 시리의 마음을 조금 불안하게 하고 있었다.

　분석하고 판단하는 것이 특기인 시리에게 예측이 불가능한 경우는 아무래도 신경이 쓰일 수밖에 없었던 것이다.

　―그보다 어떻게 할 건가요?

　"네? 뭘……?"

　―제가 장소까지 알아낸 마당에 진운 씨는 바로 독일로 갈 생각이죠?

　"그야 당연하죠. 그동안 몰라서 헤맸을 뿐이니까요."

　―그럼 누구와 갈 거죠?

　"……."

　순간 시리의 말에 진운은 레이나가 가장 먼저 떠올랐지만 바로 입 밖으로 꺼낼 수가 없었다.

　그동안 온갖 어려움을 둘이서 헤쳐 나왔었던 것 때문인지 가장 먼저 떠오르긴 했지만 반대로 자신이 사랑하는 여자이기도 했으니 말이다.

　하지만 안타깝게도 레이나의 힘이 필요하기도 했다.

　―고민하는군요.

　시리도 진운이 지금 뭣 때문에 저렇게 생각에 빠져 있는

지 정도는 알 수 있기에 나직하게 한마디 하자 진운은 그런 시리를 보면서,

"시리 씨가 도와주면 안 됩니까?"

얼마 전 갑자기 나타나서 죽기 직전의 레이나와 베이스퍼를 데리고 사라지는 바람에 큰 도움이 된 시리였다.

그뿐인가? 봉인이 되어 있다고 했지만 칼라드볼그를 맨손으로 쳐냈을 만큼 강하기도 했는데, 어째서인지 시리는 뒤에서 정보만 전해주고 지원만 할 뿐, 나서려고 하질 않는 것이다.

―전 안 돼요.

거기다 진운의 말에 일언지하에 거절해 버리기까지 했다.

"왜 안 되는 거죠?"

―순리에 따라 움직여야 되는 사람이 따로 있으니까요.

"……."

듣기에 따라 정말 듣기 좋은 핑계로 들릴 수도 있었지만 진운은 이상하게 그렇게 들리지 않기에 가만히 시리를 쳐다보자,

―기분 나쁜가요?

"…좋진 않죠."

지원을 해주는 것까지는 좋은데 이제 마지막 싸움만을

남겨둔 상황에서 싸워 달라는 말을 단칼에 거절해 버렸으
니 기분이 좋을 리는 없었다.

　―그래도 어쩔 수 없어요, 만약에 저까지 나서게 되면…
혼돈이 일어날 테니까요.

　"어째서죠? 겨우 시리 씨 한 명이 나선다고 혼돈이 일어
날 리는 없잖아요!"

　진운이 납득하기에는 시리의 말이 도무지 이해가 가지
않기에 쏘아붙이듯 되물어보자,

　―저의 힘은 지금은 이곳을 떠난 주인님의 것이에요, 그
리고 제가 나선다는 것은 주인님이 이 전쟁에 끼어든다는
것을 의미하기도 해요.

　"그럼 끼어들면 되잖아요, 저도 좋아서 이렇게 싸우는 건
아니니까요."

　솔직히 진운도 좋아서 이렇게 일루미나티와 싸우고 있는
게 아니었기에 노골적으로 기분 나쁘다는 투로 말하자 시
리는 그런 진운의 마음을 아는지 모르는지 입가에 미소를
지으면서,

　―진운 씨가 생각하는 것보다 저의 주인님의 힘은 강합
니다. 아마 주인님이 나선다면 일루미나티 정도는 벌써 사
라졌겠죠.

　"……."

시리의 말에 딴지를 걸 생각은 아닌 진운이었다.

하지만 듣다 보니 속에서 화가 치밀어 오르는 것을 참을 수 없게 되었다.

"그럼 왜! 저에게 떠넘긴 겁니까? 어째서요!!!"

날카롭게 소리치며 똑바로 시리를 바라보자,

―저의 현중 주인님이 움직이게 되면, 신들까지 끼어들게 되니까요. 설마 이곳에서 신들의 전쟁이 일어나길 바라는 건 아니겠죠?.

"……."

처음에는 진운이 자신이 잘못 들은 줄 알았다.

겨우 김현중이라는 사람이 끼어든다고 해서 뭐가 대수냐는 생각이 강했지만 갑자기 신이라니? 그게 쉽게 납득이 갈 리가 없었다.

―납득이 되지 않겠죠?

"지금 장난합니까? 있는지 없는지도 모르는 신까지 들먹이다니……. 실망이네요, 정말."

진운의 입장에서는 말도 안 되는 핑계를 하고 있다는 생각밖에 들지 않았다.

신이라니? 사실 진운은 믿는 종교가 없긴 하지만 신의 존재가 없다고도, 그렇다고 있다고도 생각하지 않는 그런 성격이었다.

애초에 신이 있었다면 자신의 아버지가 그렇게 죽지 않았을 테니 말이다.

—지금 진운 씨가 봉인한 마신, 그리고 차원을 넘어 여행한 경험, 마지막으로 바벨의 탑이라는 존재. 과연 그걸 보고도 신의 존재를 거부할 수 있나요?

시리가 논리적으로 따지고 들듯 말하자 진운의 입이 굳게 다물어졌다.

반박할 수가 없으니 말이다.

하지만 그와 동시에 진운의 머릿속에는 도대체 자신이 알고 있는 김현중 회장이 어떤 사람인지 도무지 갈피를 잡을 수 없었다.

도대체 그가 나선다고 해서 왜 신이 움직이고, 신들의 전쟁이 벌어진단 말인가?

"그럼 왜, 겨우 나와 같은 인간인 김현중 회장이 나선다는 것만으로 신의 전쟁이 벌어진다는 거죠?"

진운이 보기에 김현중은 천재 중의 천재이자 희대의 풍운아임과 동시에 세계적으로 유명한 재벌 회장일 뿐이었다.

물론 시리라는 특이한 부하가 있긴 하지만 그게 전부였다.

그러니 당연히 그런 의문이 드는 것이다.

시리도 잠시 진운의 말에 생각하는 듯하더니 한숨을 내
쉬면서,

―에휴, 그럼 진운 씨만 알고 있어야 합니다.

"네? 그게 무슨… 말이죠? 저만 알고 있어야 한다
니……?"

―저의 현중 주인님은 인간이기도 하지만, 동시에 신을
죽일 수 있는 권능을 가진 유일한 존재이시기도 합니다.

"…헐……."

뭔가 중요한 말인 줄 알았던 진운은 갑자기 몸에 힘이 빠
지면서 지금 자기에게 농담하는 건가 싶은 생각까지 들었
다.

인간이지만 신을 죽일 수 있는 권능? 그리고 신을 죽일
수 있는 권능이 있는데 그게 왜? 신의 전쟁과 상관이 있단
말인가?

그러다 문득 떠오른 것은,

"설마… 시리 씨나 김현중씨가 이번 싸움에 나서면 신들
이 김현중 회장을 죽이기 위해 몰려들 거라는 말인가요?"

단순하게 생각해서 자신을 죽일 수 있는 녀석이 나타났
다면 불안해서라도 죽이는 게 당연했으니 말이다.

하지만 시리는 오히려 고개를 저으면서,

―반대로 서로 죽여달라고 몰려들 거예요.

“…네에? …그게 무슨 말도 안 되는…….”

상식적으로 신이 죽여달라고 몰려든다는 걸 진운의 입장에서는 납득이 아니라 이해 자체가 불가능했다.

신이 뭐가 아쉬워서 죽여달라고 한단 말인가? 신은 말 그대로 신이었다.

오히려 김현중 회장이 신을 마구잡이로 죽이면서 다닐까 봐 무서워서 신들이 공격한다면 이해했을 정도로 말이다.

―진운 씨도… 초인이니 아마 느끼겠죠. 과연 오래 산다는 것, 그걸 넘어 영원히 산다는 게 행복일까요?

“네? 그게 무슨……. 그야 당연히… 행…….”

뭘 그런 것을 물어보냐는 듯 한마디 하려던 진운은 문득 목이 막혀 버렸다.

현재 진운의 몸 상태, 모든 것을 살펴보면 최소 몇천 년은 살 것이다.

거기다 국가와 전쟁을 치러도 될 만큼 힘도 가지고 있었다.

하지만 진운의 주위에 있는 사람들은 어떨까? 가장 먼저 레이나를 생각해 보자.

말문이 막힐 수밖에 없는 것이다.

엘프가 아무리 오래 산다고 해도 현지 완전히 인간의 틀을 벗어나려고 하는 진운보다 오래 살 수는 없으니 말이다.

─제가 봐서 진운 씨의 예상 수명은 1만 년이에요.

"네에? 그게 무슨 말도 안 되는……."

자신이 1만 살까지 살 수 있다는 말에 진운은 말도 안 된다면서 손사래까지 쳤지만 시리는 오히려 웃으면서,

─제 예상 수명이 5만 년이에요, 완전히 마족으로 탈바꿈한 현재에 말이죠. 그런데 인간의 틀을 벗어나기 직전에 있는 진운 씨의 수명이 1만 년이라는 게 뭐가 이상하다는 거죠?

"그야… 사람이 어떻게……."

─하루살이를 아시죠?

"그야 자주 보죠."

─그 하루살이들은 입과 배설기관이 없어요. 오로지 번식을 위한 생식기관만 가지고 있을 뿐이죠. 어차피 하루만에 죽어버릴 테니 입과 배설기관 자체가 필요 없기 때문이에요. 그런데 하루살이들이 볼 때 인간의 수명이 과연 짧은걸까요?

"길겠죠."

─그것과 비슷해요. 진운 씨가 인간의 틀을 벗어나기 직전이란 것은 이미 1/2 이상은 인간이 아니라는 말이기도 해요. 아니 어쩌면 4/5가 이미 인간이 아닐지도 모르죠. 그리고 그건 진화일 수도 있고, 아니면 완전 다른 존재로 변한

다는 말이기도 하죠. 그런데 그런 존재가 수명이 1만 년이 되든, 아니면 5만 년이 되든 전혀 이상하지 않은 게 오히려 당연한 거 아닌가요?

"하아……."

시리의 논리적인 말에 진운도 어렴풋이 스스로 느끼고 있던 것과 합쳐지면서 굉장한 설득력을 가지고 있었다.

확실히는 모르지만 진운 스스로도 자신의 수명이 얼마나 될지 짐작조차 하고 있지 않으니 말이다.

구체적으로 어떻게 하는 게 아니라 그냥 본능적인 느낌 이랄까? 최소한 다른 사람들보다 몇 배는 오래 살겠다 하는 느낌을 자연스럽게 받고 있었기에 시리의 말이 설득력있게 다가와 버린 것이다.

─스스로의 존재를 인정하는 것도 꼭 거쳐야 하는 과정 이라고 생각해요. 저도 원래 인간이었지만 지금은 마족이 죠. 그리고 전 그걸 스스로 받아들였어요. 진운 씨는 모르 겠지만 자신의 존재를 인정하고 받아들이는 것과 그렇지 않은 것은 엄청난 차이가 있을 수밖에 없죠.

"뭐, 그렇긴 하죠."

진운도 칼라드볼그의 봉인을 깨뜨릴 때, 그냥 그렇게 변 하면 좋겠다고 생각했을 뿐이었다.

칼라드볼그가 대검이라는 생각을 아예 머릿속에서 지워

버렸던 것이다.

칼라드볼그는 검이 아니라 마신을 죽일 수 있는 것으로 인식하면서 봉인이 깨어져 버렸으니 지금 시리가 자신에 무슨 말을 하고 싶은지 이해는 하고 있는 중이었다.

─운명이 진운 씨를 이 싸움의 종결자로 선택했다면 망설이지 마세요. 그리고 주변에 있는 사람들도 그런 진운 씨의 운명과 연결되어 있을 거예요. 특히 레이나 씨는 가장 강하게 연결되어 있을지도 모르죠.

"……."

시리의 말을 가만히 듣던 진운은 머릿속으로 뭔가 정리하는 듯 한참을 생각하더니 갑자기 입가에 미소를 지었다.

"어렵게 말하고, 이해시키긴 했지만 결론은 레이나도 나에게 꼭 필요한 사람이라는 말이군요."

─맞아요, 운명은 사람의 감정보다 더 강하니까요. 그녀는 처음부터 진운 씨와 만날 운명이었어요. 그리고 마지막까지 함께할 운명이기도 하구요.

마치 점 보러 와서 사주팔자에 대한 이야기를 듣는 듯한 느낌이다.

하지만 시리의 말은 뭔가 크게 돌아가는 듯해 보여도, 진운에게는 오히려 가장 확실하게 이해가 와 닿는 이야기였다.

"고민하지 말고 운명에 맡기라는 거군요, 죽이 되든 밥이 되든 말이죠.”

씨익~

시리는 말없이 입가에 미소를 지으면서 천천히 고개를 끄덕였다.

―고민은 결국 고민일 뿐이에요, 아직 일어나지 않은 일을 걱정한다고 바뀌지 않는 것처럼 말이죠.

“후후후후후후훗, 후후훗… 하긴 그렇네요.”

겨우 시리와 대화를 나눴을 뿐이지만 이상하게 진운은 레이나를 꼭 데리고 가야 하는가 하는 고민이 어느 정도 사라져 버렸다.

아니, 애초에 그런 고민을 했다는 것 자체가 바보같이 느껴진 것이다.

아직 일어나지 않은 일이었다.

독일에 가서 마지막 전쟁을 한다고 해서 레이나에게 어떤 일이 생기지 말란 법도 없었다.

어쩌면 일루미나티가 진운을 죽이기 위해 레이나를 인질로 잡을 수도 있었다.

마신의 능력을 동원하면, 아니, 어쩌면 이미 마신이 육체를 지배한 각성한 녀석들이라면 얼마든지 가능할 테니 말이다.

게티아를 가지고 있는 진운을 제외하고는 마신과 대항하

는 것 자체가 엘프든, 인간이든 애초에 불가능했다.

그 말은 처음부터 레이나는 자신과 함께 움직여야 했던 것이다.

하지만 사랑하는 여자라는 감정 때문에 그런 것이 흔들렸다는 것을 깨달았으니 웃음이 나올 수밖에 없었다.

그냥 바보 같은 고민을 한 것이나 마찬가지였으니 말이다.

등잔 밑이 어둡다는 말이 왠지 생각나는 진운이었다.

가까이 있는 것, 그것이 진운에게도 레이나에게도 가장 정답이었던 것이다.

독 일
Chapter
02

베이스퍼도 확실히 초인은 초인인 듯했다.

"본거지를 알아냈다고 하던데, 언제 갈 생각인가?"

멀쩡한 모습으로 일어나 병원을 찾아온 진운을 맞이하는 베이스퍼의 모습을 보면 확실히 마이스터라는 경지를 개척한 사람다웠으니 말이다.

물론 레이나도 멀쩡한 모습으로 진운의 옆에 있었으니 딱히 그런 것을 입 밖으로 꺼내진 않았다.

그래도 영혼이 상처를 입어서 보통 사람이면 아마 몇 년 동안 사경을 헤메고 다녀도 이상하지 않을 상태에서 며칠 만에 멀쩡해지는 것을 보면 보통은 아닌 듯했다.

거기다 당장 독일로 언제 갈 거냐고 물어보는 모습을 보면 베이스퍼도 본능적으로 느끼고 있는 듯했다.

이번 싸움이 아마 그동안의 결말을 짓게 된다는 것을 말이다.

"곧 떠날 생각입니다."

진운이 나직하게 말하자,

"그보다 자네는 어쩔 생각인가?"

"뭐를……?"

"혼자 갈 생각인지, 아니면 팀을 이뤄서 갈 생각인지 물어보는 것이네."

베이스퍼는 레이나가 쓰러지자 급격하게 흔들린 진운의 모습을 보았기에 그냥 대놓고 물어보는 것이다.

현재 마신으로 각성한 녀석들을 상대할 수 있는 것은 진운이 유일했다.

그건 베이스퍼도 은연중에 느끼고 있는 것이다.

어떤 능력을 가지고 있기에 그런지는 아직 자세히 모르고 있지만, 베이스퍼는 진운이 이번 싸움의 열쇠를 쥐고 있다고 느낀 듯했다.

하지만 그런 진운이라도 약점이 있으니 바로 레이나였다.

레이나가 쓰러지자 급격하게 흔들리는 모습을 보였으니 누구라도 진운의 약점이 무엇인지 알 수 있을 정도였으니 말이다.

만약 베이스퍼 자신이 진운과 같은 상황에 놓인다고 생각을 해보면 선택은 두 가지뿐이었다.

혼자 간다.

아니면 아예 능력이 되는 사람을 모아서 함께 움직이는 것이었다.

베이스퍼가 생각해도 이건 쉽게 결정 지을 수 없는 문제였다.

둘 다 장단점이 극명하게 나눠지니 말이다.

혼자 간다면 확실하게 약점은 없어지는 편이었다.

하지만 그와 동시에 일대일의 싸움이 아니기에 많은 변수까지 염두를 해둬야 했다.

그리고 시리가 이번 싸움에 절대로 나서지 않는다는 것을 알고 있는 베이스퍼였기에 진운에게 대놓고 물어본 것이다.

자신이 그동안 시달린 것을 생각하면 억울해서라도 빠지기 싫었으니 말이다.

"다 같이 갈 겁니다."

"……??"

물어보고 바로 대답하는 모습에 베이스퍼는 진운의 대답보다 표정을 보고는 말없이 쳐다보다가,

"고민 따위는 없는 겐가?"

당연히 어느 정도 고민하면서 며칠 정도는 시간이 걸릴 것이라 예상하던 베이스퍼였다.

하지만 그런 그의 기대와 달리 거의 바로 대답하고 있는 진운의 모습을 보며 베이스퍼는 놀랄 수밖에 없었다.

무엇보다 흔들리지 않는 그 눈동자를 보고는 자신이 물어보기 전부터 이미 결정을 내린 상태라는 것을 알아챘다.

"다 감당할 생각인가 보군?"

베이스퍼가 조용히 한마디 했다.

그러자 진운은 오히려,

씨익~

입가에 미소를 진하게 그려넣더니,

"어차피 저 혼자 간다고 해도 따라오실 거 아닙니까? 레이나도 아마 따라올 게 뻔하구요."

진운의 말이 끝나자마자 베이스퍼는 발끈했다.

"당연하지, 난 자네가 녀석들과 싸우기 훨씬 전부터 싸웠던 사람이네. 그동안 당한 게 억울해서라도 안 되지 안 돼!! 절대로."

"거봐요~"

진운이 능청스럽게 대답하자 베이스퍼는 그제야 자신이 흥분했다는 것에 헛기침을 했다.

"그리고 레이나도 날 혼자 보낼 생각이 없을 거고. 안 그래?"

진운이 레이나를 슬쩍 돌아보며 말하자 그녀는 조용히 말없이 진운의 손을 잡으면서,

─차라리 나를 죽여, 혼자 갈 거면.

바벨의 탑에서 처음 만났을 때 느꼈던 냉기가 흐를 법한 냉정한 말투를 오랜만에 들은 진운이었다.

"알아. 나도 처음에는 혼자 갈까 했었어. 하지만 누가 그러더라고 운명은 스스로 선택하는 것이 아니라 선택의 갈림길에서 방향을 바꾸는 것이라고 말야."

─……??

레이나는 갑자기 진운의 입에서 어려운 말이 나오자 고개를 갸웃거리는데 베이스퍼는 그런 진운의 말을 듣고는 의미 모를 미소를 지었다.

"시리 양이었군."

"네, 그녀가 그러더군요. 이미 태어날 때부터 저와 레이나는 만날 운명이었다고 말이죠. 이제 와서 그걸 깨달았다고, 위험하다고 떨어진다고 운명이 바뀌지 않는다고 해서 차라리 그럴 바에 제 옆에 꼭~! 붙어 있는 게 가장 안전하

다고 생각이 들어서요.”

“크크크, 하긴 나도 뭐 그렇게 충고를 듣긴 했지. 물론 난 자네와 반대로 따로 떨어져 있는 게 안전하다고 해서 잠시 떨어져 지내지만 말야.”

김현중 회장이 떠나 버린 현재 그동안 그와 인연을 맺고 있던 사람들에게 알게 모르게 많은 영향을 끼치고 있는 것이 바로 시리였다.

그녀는 원래 인간이었다가 김현중이 데리고 있던 흡혈귀의 왕쯤 되는 혈족의 유일한 생존자인 마족 테른으로 인해 인간을 벗어나 완전한 마족으로 탈바꿈하였다.

그리고 지구를 떠난 그를 대신해 지구에 남아서 운명이 이끄는 대로 남은 뒤처리를 위해 움직이고 있었던 것이다.

왜 시리가 김현중을 따라 지구를 떠나지 않았는지는 그녀가 밝히지 않았기에 그 누구도 이유를 몰랐다.

다만 조용히, 하지만 은밀하게 김현중의 명령에 따라 일루미나티를 처리하기 위해 진운 외에도 많은 사람들을 움직였다는 것만 알고 있을 뿐.

진운 입장에서 보면 시리도 비밀이 많은 존재였다.

팀을 짠다면 가장 필요한 사람인 베이스퍼도 확답을 받았으니 최소한 진운이 생각했던 팀원은 모인 셈이었다.

하지만 원래 상황이라는 게 마음먹은 대로 흘러가지 않

는 법이었다.

"저도 가겠어요."

아이린이 본과 함께 언제 왔는지 병원으로 와서 진운과 함께 가겠다고 말한 것이다.

진운은 자신에게 말하는 아이린을 보다가 본에게 시선을 돌리자,

"험… 험……."

슬쩍 진운의 눈길을 피하는 본이었다.

녀석의 눈치를 보니 아이린이 어지간히 고집을 부린 듯했다.

확실히 아이린의 고집이란 게 결코 쉽지 않았으니 말이다.

가문의 인장을 진운에게 줘서 부숴 버리면서까지 적에게 넘겨주지 않았던 아이린이다.

그녀가 한번 고집을 부린 이상 본이라고 별수가 없었을 것은 진운도 이해하긴 했다.

하지만 최소한 본은 기사 수업을 받아서 자기 한 몸 지킬 능력이라도 있지, 아이린은 정말 말 그대로 곱게 자란 귀족가 아가씨일 뿐이었다.

같은 여자지만 레이나와는 완전 사정이 다를 수밖에 없었다.

전투 엘프라는 별명이 붙을 만큼 압도적인 무력을 가진 레이나와는 달리 아이린은 평범한 여자일 뿐이었다.

아니, 이곳의 기준으로 보면 평범한 미성년자였다.

"같이 가면 죽을 수도 있다."

진운은 그냥 단도직입적으로 한마디를 했다.

겁먹으라는 것도 아니고 있는 그대로 말했을 뿐이었지만 아이린의 눈동자는 흔들림이 없었다.

"저도 멀리서지만 감시위성을 통한 영상으로 봤어요. 그들과 싸우는 모습을요."

"그걸 보고도 같이 가겠다고?"

영상을 봤으면 도저히 같이 가겠다는 생각을 할 수가 없을 텐데라는 생각이었기에 의외라는 듯 아이린을 쳐다보자,

"이곳에 와서 많은 것을 보았어요."

처연한 듯한 눈동자로 슬쩍 바닥을 보던 아이린은,

"정말 이곳에서는 전 그저 평범한 여자, 그 이상도 그 이하도 아니더군요."

"……."

대륙이라면 몰라도 지구에서는 아이린은 그저 예쁜 미소녀에 불과할 뿐이었다.

아마 본인도 그걸 느낀 모양이긴 한데, 겨우 그것으로 자

첫 실수만 해도 죽을 수 있는 이번 싸움에 끼어들겠다는 것은 진운으로서도 용납되지 않았다.

물론 대놓고 무조건 안 된다고 해봐야 소용없다는 것을 알기에 우선 조용히 아이린의 말을 들어주고 있을 뿐이었다.

"그래서 다른 방법으로 강해지기로 했어요."

"……???"

뜬금없이 다른 방법으로 강해지기로 했다는 아이린의 말에 진운이 고개를 갸웃거렸다.

그런데 진운뿐만이 아닌 듯, 베이스퍼도 겨우 몇 달 만에 강해지겠다는 아이린의 말에 고개를 갸웃거릴 수밖에 없었다.

평범한 여자애가 몇 달 만에 강해지는 방법은 도무지 아무리 생각해도 찾을 수가 없었으니 말이다.

철컹~

모두가 궁금해하는 상황에 아이린은 본이 들고 있던 검은색의 길쭉한 케이스 하나를 받아 들더니 열었는데, 그 속에 든 것을 본 모두는 할 말을 잃어버릴 수밖에 없었다.

"저격용… 라이플?"

설마하니 총을 사용하리라고는 그 누구도 예상 못한 것이다.

진운이 도대체 어떻게 된 건지 궁금한 눈빛으로 본을 바라보자,

"그게… 아가씨께서… 자신도 강해질 수 있는 방법을 찾아보신다고 고민하다가 우연히 저희가 머물고 있는 군사기지 옆에서 사격 연습하는 걸 보고는…….

"하아…….

이제 열여덟 살 여자애였다.

무슨 CIA 특수요원도 아니고 풋풋한 꽃다운 소녀가 총을, 그것도 저격용 라이플을 만지면서 입가에 미소를 짓고 있는 모습을 상상해 보자.

지금 이곳에 있는 사람들의 마음을 충분히 이해하고도 남을 것이다.

아마 아이린의 곁에 가장 가까이 있었던 본도 아이린을 말리려고 노력을 많이 했을 것이 뻔했다.

자신이 모시던 귀족가의 영애가 총 들고 설친다는데 어느 기사가 좋아하겠는가.

하지만 아이린의 고집을 아는 사람이라면 한숨이 나오면서도 한편으로는 뭔가 가슴이 짠할 수밖에 없었다.

오죽 본인이 답답하고 뭔가 돌파구를 찾고 싶었으면 저격용 라이플까지 사용할 생각을 했겠는가?

그런데 그냥 총과 저격용 라이플은 사용하는 방법이 완

전히 다르다는 게 문제라면 또 문제일 것이다.

일반적으로 그냥 총으로 쏘면 되는 것과 달리 저격용 라이플은 먼 거리에서 쏘는 것이기에 변수가 너무 많을 수밖에 없었다.

기본적으로 바람에 의한 변수는 아는 사람은 다 아는 것이다.

하지만 그것뿐이 아니었다.

낮 같은 경우는 태양이 내리쬐어 생기는 지열에 의한 변수에 습도도 많은 영향을 끼쳤다.

그래서 저격만 전문적으로 가르치는 군부대에서는 사격수와 관측수 이렇게 두 명이 한 조가 되는 게 일반적이었다.

왜냐하면 조준해서 쏘는 기술만 익히는 데도 평생이 걸려도 재능이 없으면 불가능하다.

여기에 더해 바람과 지열에, 습도까지 변수를 계산하고 관측한다는 것은 거의 천재적인 재능이 없는 이상 불가능했으니 말이다.

겨우 몇 달 배운다면 저격수가 되기는커녕 관측수도 불가능한 게 일반적이었다.

"걱정하시는 게 뭔 줄은 압니다만, 그게 참… 상황이 묘하게 되었습니다."

본이 진운의 눈동자를 보면서 대충 무슨 생각을 하는지 알고 있다는 듯 입을 열었다.

최소한 아이린을 객관적으로 본다면 같은 입장이었으니 말이다.

"백호연님께서도… 놀라셨습니다."

"놀라다니… 뭘?"

"아가씨께서… 저격수에 타고난 재능이 있답니다."

이건 또 뭔 소리인가 싶은 진운이었다.

"그게 아가씨께서 너무나 저격총에 관심이 많다는 것을 알고 있던 백호연님께서 이왕이면 빡세게 훈련시켜 제풀에 나가떨어지도록 할 생각으로 저격수 훈련을 받도록 했는 데… 그게 참……."

말하는 본도 믿기 힘든지 헛웃음을 한 번 내뱉더니,

"중국 특수부대 저격수 백 명 중에… 3위에 드는 실력을 보였습니다. 그리고 백호연님께서… 원한다면 특수부대 저 격수로 있어도 좋다고까지… 말씀하시니……."

"…잉?"

갑자기 이상한 감탄사가 진운의 입에서 튀어나와 버렸 다.

중국 특수부대 저격수 백 명 중에 3위라면… 최소한 세계 레벨급이라는 소리였다.

중국도 특수부대만큼은 세계에서 나름 알아준다는 것은 진운도 알고 있었다.

물론 군에서만큼은 백호연의 권력이 중국 주석에 맞먹을 만큼이라는 것도 말이다.

그러니 신원도 확실치 않은 아이린을 특수부대 저격수 훈련에 참가시킬 수 있었을 것이다.

오로지 백호연의 입김 하나로 말이다.

하지만 힘든 훈련을 버티지 못하고 제풀에 떨어지라고 보낸 훈련에서 기대를 훨씬 뛰어넘어 오히려 백호연이 군에 남지 않겠냐는 말을 할 정도라면 이야기가 묘한 방향으로 흘러갈 수밖에 없었다.

지끈!

한순간 머릿속에서 지금 상황이 모두 이해되는 듯하자 진운은 머리가 아파왔다.

마치 오랫동안 만져온 듯 능숙하게 저격용 라이플을 조립해서 손에 쥐고 있는 드레스 입은 아이린을 보고 있노라면 말이다.

"그래서… 본 경도 포기했단 말이군요."

"네, 아가씨 고집은… 진운님도 아시지 않습니까."

물론 잘~ 알고 있었다.

그리고 자신이 생각한 것을 실행시키는 결단력과 추진력

까지 말이다.

아이린은 미간을 찌푸리는 진운을 보고서 오히려 입가에 미소를 짓더니,

"뭘 걱정하는지 잘 알고 있어요, 하지만 누군가의 손을 빌려 다시 가문을 되찾는다고 해봐야 결국 그것은 제 것이 아니에요, 빌려왔을 뿐이죠."

"……."

아이린의 말이 확실히 틀린 말은 아니긴 했다.

이번 일이 끝나고 대륙으로 다시 넘어가 아이린의 가문을 되찾아준다고 해도 결국은 아이린이 되찾은 것이 아니었다.

진운이 되찾아준 것일 뿐이었으니 말이다.

"제 가문은 제가 되찾을 겁니다. 그러기 위해서는 이 정도 위험은 아무것도 아니라고 생각해요. 혹시라도 진운님에게 무슨 일이 생기면 전 정말 이곳에서 살아야 할지도 모른다는 불안한 마음을 가지고 기다릴 바에 차라리 죽더라도 따라가겠어요."

"……."

아이린의 눈동자를 쳐다본 진운은 놓고 간다고 해도 아마 본을 달달 볶든, 아니면 백호연에게 부탁을 해서라도 어떻게든 따라올 것이라는 생각에 한숨을 쉴 수밖에 없었다.

진운이 생각했던 팀원 중에 아이린은 전혀 생각조차 한 적이 없었으니 말이다.

리엘을 미리 소지훈의 집에 데려다 놓고 왔다는 게 천만다행이라는 생각이 은연중 들 정도였으니 말이다.

'운명의 인연이 아이린에게도 닿아 있었다는 건가.'

문득 시리가 말했던 운명으로 닿아 있는 인연이 생각났다.

사실 대륙에서 아이린을 만난 것도 정말 우연이었으니 말이다.

그리고 이렇게 함께 지구로 넘어올 것이라고는 생각한 적도 없었다.

거기다 지금 이렇게 움직이는 팀원들 간에는 진운이 정확하게 중심에 있기도 했다.

진운이 아니면 서로 만날 이유도, 만날 인연도 없었던 것이다.

"알았어."

─진운……!

레이나는 당연히 거절할 것이라고 생각했던 진운이 아이린이 합류하는 것을 승낙하자 놀란 표정이었다.

"쟈네……!"

베이스퍼도 아이린을 합류시키는 것이 의외라는 듯 많이

놀란 표정이었다.

"역시……."

그리고 마지막으로 본이 신음과 같은 한마디를 내뱉었
다.

"고마워요!!!"

유일하게 아이린만이 좋아서 활짝 웃을 뿐이었으니 말이
다.

"다만!"

환하게 웃는 아이린을 본 진운은 갑자기 큰 소리로,

"내 옆에 붙어 있어야 한다. 그걸 못한다면 여기서 포기
해."

"걱정 마세요."

환하게 웃으면서 힘차게 고개를 끄덕이는 아이린을 보면
서 나와 버린 진운과 레이나였다.

―진운.

"응?"

―어쩌자고 아이린을 데리고 간다고 한 거야?

레이나는 아이린이 결코 도움이 되지 않는다는 것을 너
무나 잘 알고 있기에 진운을 살짝 째려보듯 쳐다보면서 물
어보자,

"어차피 안 된다고 해도 어떻게든 따라왔을 거야."

―그래도 그거와 진운이 데리고 가는 건 완전 달라.

아무래도 평범한 여자애가 총을 들었다고 달라질 것이 없기에 레이나는 걱정이 되는 듯했다.

"운명이겠지."

―운명……? 지금 그런 무책임한 말이 나와?

화가 난 듯 눈꼬리가 살짝 올라간 레이나가 아예 진운의 앞을 막아서면서 허리에 손을 올리고 온몸으로 화가 났다는 표현을 하고 있었다.

마치 연인 사이에 남자가 잘못했는데 사과하지 않자 여자가 잔뜩 화가 났을때와 비슷하게 말이다.

"나도 레이나가 무슨 걱정을 하는지 잘 알아."

―알면서 그래? 당장 아이린에게 말해. 같이 갈 수 없다고 말이야.

방 안에서는 은연중에 진운이 리더 역할을 했기에 레이나도 조용히 있었다.

이제 막 팀원이 만들어지고 구성되려는 때였다.

그런 팀원의 중심에 진운이 리더로 있고 그 역할을 하는데, 가장 가까이 있는 자신이 결정을 반대한다면 팀의 구성에 좋지 않은 영향을 끼칠 것을 알고 있던 레이나였기에 가만히 있었다.

그리고 단둘이 되고서야 힘을 주어 진운을 다그치는 것

이다.

물론 진운도 그걸 알고 있었다.

그동안 서로 눈빛만 봐도 어떻게 움직여야 하는지 알 만큼 서로 믿었던 동료였으니 말이다.

지금이야 서로 사랑하는 사이라고 하지만 결과적으로 다를 게 없었다.

"레이나도 필리핀에서 싸움을 해봐서 알고 있겠지만, 상대는 마신이야."

―알아, 그래서 지금 이렇게 반대하는 거잖아.

자신과 같은 마법을 마음대로 사용하는 엘프도, 마스터의 벽을 깨뜨리고 마이스터에 오른 베이스퍼도 속수무책으로 당했던 마신이다.

그것도 마신 본체를 상대한 것도 아니고, 인간의 몸을 빌려 강림한 마신을 말이다.

레이나는 아무리 생각해도 이건 아니라는 생각이 들 수밖에 없었다.

하지만 진운은 그런 레이나와 생각이 다른 듯했다.

"레이나, 결국 마신 앞에서는 아이린이나… 레이나 너나… 똑같아."

―그게… 무…….

진운의 말에 버럭 화를 내면서 한마디 하려던 레이나는

진운의 눈동자를 보고는 말문이 막혀 버렸다.

뭔가 슬픈 듯한 눈동자를 보고서 말이다.

"어차피 마신을 상대할 수 있는 건 나 혼자야. 그래서 처음에는 나 혼자 갈 생각이었어."

발끈!

레이나는 진운의 말에 금방 귀까지 붉어지면서 무섭게 진운을 노려보자,

"물론, 그랬었다는 말이야. 하지만 생각을 바꿨어. 어디에 있든 안심이 되지 않는다면 차라리 내 옆, 가장 가까운 곳에 있는 것이 후회도 덜하지 않을까 하고 말야."

—…….

레이나는 그제야 진운이 이번 싸움을 두고 혼자서 얼마나 많은 고민을 했는지 이해할 수가 있었다.

사실 냉정하게 말하자면 진운의 입장에서는 아이린이나 레이나나 별 차이가 없었다.

상대가 마신의 능력을 가진 능력자, 아니면 이미 마신에게 잡아먹혀 마신이 움직이는 대로 움직이는 꼭두각시 몸을 가진 녀석들이라면, 레이나나 아이린이나 똑같은 힘없는 녀석들일 뿐이었으니 말이다.

—…미안해.

아이린은 뒤늦게 진운이 고민했다는 것을 알고 사과했지

만 진운은 웃으며 말했다.

"누가 말하더라. 사랑하는 사이에는 미안하다고 하는 것이 아니라고 말야."

─…후훗, 뭔가 느끼한 말이긴 한데……. 틀린 말도 아닌 것 같네.

레이나의 기분이 풀린 듯하자 진운은 그녀를 살며시 끌어안았다.

─진운, 여기는 복도야…….

"알아, 잠시만 이렇게 있자……."

어차피 이곳은 대동그룹에서 통째로 병실을 모두 빌렸으니 오가는 사람도 없었다.

애초에 이곳 병실로 올라오기 위해서는 아래층에서 대기하고 있는 보안요원들을 통과해야 했으니 실수로라도 다른 사람이 올라올 일이 없었다.

뭐, 누가 본다고 해도 전혀 거리낄 것이 없는 진운이었지만 레이나는 왠지 얼굴이 붉어지는 것은 어쩔 수 없는 듯했다.

물론 부끄럽긴 했지만, 이상하게 가슴이 따뜻해지면서 편안해지는 레이나였다.

"내 옆에서 절대로 떨어지지 마……. 알았지?"

귓가에 나직이 속삭이듯 말하는 진운의 한마디에 레이나

는 조용히 고개를 끄덕이면서,

―알았어.

대답과 함께 조용히 진운의 품에 조금 더 파고들었다.

"이번 일이 끝나면 대륙으로 가자."

―응…….

"엘프 마을에 가서 그때… 정식으로 청혼할게."

두근! 두근!

전혀 예상한 적도 없는 진운의 청혼에 레이나의 심장이 크게 뛰었다.

그리고 천천히 진운의 곁에서 떨어진 레이나가 놀란 눈으로 진운을 바라보자,

"한참 연하지만… 뭐, 사랑에 나이는 숫자일 뿐이라고 하잖아. 안 그래?"

―푸훗… 푸하하하하하……!

레이나는 진운의 말에 크게 웃더니 곧 웃음을 멈추고는 똑바로 진운을 쳐다보면서,

―엘프는 평생 한 명의 반려만 맞이해, 설사 그 반려가 죽는다 해도 말야.

"알아."

―하지만 진운은 엘프가 아니야. 그러니… 내가 살아 있는 동안만 내 곁에 있으면 돼.

레이나도 은연중에 알고 있었다.

하이엘프인 자신의 수명이 길다는 것을 말이다.

하지만 완전히 인간의 경지를 넘어버린 진운은 수명이 과연 얼마나 될지 짐작조차 하지 못하고 있었다.

다만 자신보다 오랫동안 살아갈 것이라는 정도만 알고 있을 뿐이었다.

하지만 그런 것은 애초에 레이나에게는 문제 될 것이 없었다.

그저 자신이 사랑한 남자일 뿐이었고, 자신이 살아 있는 동안 곁에 있어만 준다면 그걸로 만족한다고 생각했으니 말이다.

엘프의 사랑은 욕심이 없는 편이었다.

그저 같이 있고, 함께 마주 보며 같은 곳을 향해 걸어간다는 것만으로도 행복을 느끼는 것, 그것이 바로 엘프의 사랑이었다.

죽을 때까지 단 한 명의 반려만 맞이하는 것도 그런 엘프들의 성격을 잘 드러낸 편이었다.

하지만 그렇다고 그런 엘프들의 사랑 방식을 진운에게도 강요할 수는 없는 법이다.

레이나가 진운을 반려로 선택한 순간부터 진운에게 자신의 사랑을 강요한다는 것을 버렸으니 말이다.

“레이나…….”

진운은 레이나의 말을 듣고 문득 시리가 했던 말이 떠올랐다.

영원히 살아가는 삶이 과연 좋다고 생각하느냐는 질문에 딱히 대답하지 못했었다.

그저 머리로 좋지도, 그렇다고 나쁘지도 않을 것이라고 생각했었으니 말이다.

하지만 레이나의 말을 듣는 순간, 피부로 와 닿아버렸다.

영원히 혼자서 살아가는 삶은 차라리 짧더라도 사랑하는 사람과 같이 살아가는 것보다 지옥이라는 것을 말이다.

‘그래서… 신들이 죽여달라고 모인다는 건가…….’

시리가 나서고, 김현중 회장이 움직이면 지구는 신들의 전쟁이 벌어진다는 말이 약간은 이해가 되는 진운이었다.

영원불멸의 존재라는 게 과연… 얼마나 좋을지는 모르지만 결국 혼자가 되는 것으로 인한 저주일 뿐이었으니 말이다.

뜻하지 않게 아이린과 본이 끼어들긴 했지만 대충 결과적으로 독일로 갈 팀은 정해졌다.

진운, 레이나, 베이스퍼, 아이린, 본 이렇게 다섯 명으로 말이다.

　백호연이나 알렉산드로가 끼어들까 싶었지만 백호연은 백호연과 알렉산드로는 국가에 매인 몸으로 이번에 죽을지도 모르는 전쟁에 함부로 끼어들 수가 없는 입장이었다.

　알게 모르게 전쟁 억지력을 가지고 있다 보니 어쩔 수 없는 것이다.

　진운도 그런 것에는 애초에 서운할 것도 없었다.

　백호연과 알렉산드로는 자신과의 인연이 이어진 것이 아니었으니 말이다.

Chapter 03
빌헬름스)하펜

시리의 도움으로 전용기를 타고 독일 베를린에 내린 일
행은 빠르게 움직여 빌헬름스하펜으로 향했다.

그리고 그곳에 도착한 그들이 느낀 인상은 기대와 달랐
다.

한마디로 말해,

"시골……?"

독일 하면 뭔가 공업이 발달하고 나름 유럽에서 가장 기
술이 발달한 나라라는 생각과 외국이라는 느낌이 진하게
풍겨오는 것을 예상했던 모두의 생각을 깨뜨리는 풍경이었

으니 말이다.

물론, 외국의 향기가 진하게 풍기긴 했다.

하지만 워낙에 해군 기지로 유명한 곳이었으니만큼 조금만 차를 타고 움직이면 보이는 게 군함이었다.

그리고 관광지 소개에 해군박물관까지 쓰여 있을 정도로 묘한 느낌을 주는 곳이기도 했다.

특이한 것이 해군 기지가 있는 곳인데 유네스코 지정 세계자연유산 바다갯벌이 있었다.

"묘하게 느낌이 특이하네요."

아이린이 지구에 와서 있었던 곳은 한국과 중국이 유일했으니 유럽의 중심에 있는 독일은 뭔가 특이한 느낌과 함께 묘하게 말로는 표현 못할 기분을 느끼는 듯했다.

거기다 지금까지 시커먼 머리카락에 검은 눈동자만 봤다가 자신과 같은 금발에 백인들이 자주 보였으니 기분이 더 이상할지도 몰랐다.

―그럼 이제 뭘하지?

독일까지 오긴 왔는데 막상 와보니 이건 너무나 한적한 시골 마을을 연상시키는 모습에 순간적으로 자신들이 잘못 온 것이 아닐까? 하는 착각이 들었다.

그리고 모든 일행이 진운만 믿고 오다 보니 자연스럽게 일행의 시선이 진운에게 집중되는 것은 당연했다.

“음…… . 우선 가까운 숙소부터 잡고 나서 찾아봐야
지…… .”

사실 진운이라고 딱히 뾰족한 방법이 있는 것은 아니었
으니 우선 숙소부터 잡기로 한 것이다.

게다가 다른 일행과 같이 진운도 설마 여기가 맞는 건가?
하는 의심이 들 만큼 너무나 조용하고 한적한 모습이라 살
짝 당황하기도 했다.

그런데 일행이 움직이자 알게 모르게 사람들의 시선이
집중되기 시작했다.

“…굉장한 미인인데…… .”

“굉장히 특이한… 사람들이네…… .”

나름 독일에서도 관광객이 많이 오는 곳이긴 했지만, 지
금 진운 일행이 온 때는 휴가 시즌도 아니었기에 외지 사람
을 보는 것이 흔하지 않을 때였다.

그런데 거기다 레이나 같은 굉장한 미모를 길거리에 드
러내고 다니고 있으니 당연히 사람들의 시선이 모이는 것
이다.

다만 레이나의 미모를 보고도 쉽게 접근하는 사람들이
없는 것은 베이스퍼의 보이지 않는 기운과 한쪽 팔이 잘려
펄럭이지만 충분히 옷 속에 숨겨진 근육이 느껴지는 건장
한 본이 있기에 그저 보고만 있는 것이다.

대다수가 남자들이긴 했지만 말이다.

"여긴가?"

어차피 사람들의 시선에 이미 익숙할 대로 익숙한 일행이었으니 무시하고 제법 걸었을 무렵, 시리가 준비해 준 숙소에 도착할 수 있었다.

"슈라더스… 라……."

뭔가 호텔이라고 부르기도 외관이 너무 자연스러운 모습에 일행은 자신들이 제대로 찾아온 것이 맞는지 다시 주소를 확인했지만 주소는 맞았다.

"여기 맞아요?"

아이린도 호텔이라는 이름에 뭔가 특이한 외관을 가진 호텔 슈라더스의 모습에 고개를 갸웃거릴 정도였으니 말이다.

"별장 같아요……."

"맞네, 듣고 보니 딱 그런 느낌이네……."

호텔이라고 해서 뭔가 현대식 건물로 지어진 그런 것을 생각했던 모두의 예상을 날려 버린 호텔 슈라더스는 마치 오래된 독일식 집을 연상시켰다.

조금 큰 집 말이다.

정말 순수하게 독일이 연상되는 건축양식으로 지어진 집은 확실히 분위기가 있어 보이고 예쁜 편이었다.

다만 호텔이라는 이름에서 다들 예상한 것이 있었는데 그것과 다른 외관에 조금 당황해 지금처럼 이렇게 멍하니 안으로 들어가지 않고 서 있을 뿐이지만 말이다.

"뭐, 어차피 얻어먹는 처지에 가릴 게 있나?"

진운도 호텔이라는 이름과는 뭔가 어울리지 않는 듯하면서도 묘하게 납득이 가는 모습에 대충 넘겨 버리기로 했다.

어차피 시리가 돈부터 해서 모두 처리해 준 것이니 자신들이야 그저 몸만 들어가는 마당에 좋다, 싫다를 따지기는 그랬으니 말이다.

"우와~"

그런데 밖에서 본 것과 달리 안에 들어오자 가장 먼저 아이린과 레이나의 입에서 감탄사가 저절로 흘러나왔다.

뭔가 화려하진 않지만 깔끔하면서도 오래된 느낌이 묘하게 사람의 마음을 푸근하게 하는 실내 인테리어가 마음에 드는 반응들이었다.

이에 베이스퍼도 고개를 끄덕였다.

"나름 괜찮군."

알게 모르게 세계 이곳저곳을 다니면서 나름 숙소에 대해서 까다로운 베이스퍼가 고개를 끄덕일 정도라면 확실히 매력이 있는 곳인 듯했다.

물론 진운이 보기에는 그냥 깔끔하고 화려하진 않지만

깨끗한 느낌이 전부였지만 말이다.

그런데,

"진운 씨와 레이나 씨… 한방이네… 요?"

진운이 데스크로 가서 시리 이름으로 예약한 것을 말하자 친절하게 방을 내어줬는데 뜻밖에도 진운과 레이나를 한방으로 예약한 것이다.

"……."

—…….

"흠흠흠……. 뭐, 두 사람이라면……."

"하긴, 레이나 언니와… 진운 씨라면… 당연하겠죠."

더 황당한 것은 시리가 일부러 그랬는지 모르지만 정확하게 예약한 방 외에는 방이 없었던 것이다.

아이린과 본 또한 한방에 배정되긴 했지만 투룸으로 각각 침실이 따로 분리되어 있는 방이었기에 크게 문제가 없었다.

베이스퍼도 자그마한 객실 하나를 배정받았었다.

그런데 진운과 레이나의 방은 신혼부부가 사용하는 방인지 더블베이스의 침대가 놓여 있는 그냥 자그마한 객실이었다.

거기다 침대에서 고개만 들면 보이는 샤워실에 문도 없이 커텐 하나가 전부인 방이었다.

"다른 방은 없나요?"

괜히 사람들 눈치가 보여 진운이 슬쩍 데스크에 물어봤지만 지배인은 고개를 흔들면서,

"단체 예약이 들어와 있어 지금 현재 모든 객실이 만원입니다."

"네……."

어쩔 수 없이 진운과 레이나가 같은 방을 사용할 수밖에 없었다.

그런데 아이린이 슬쩍 레이나를 보더니,

"레이나 언니."

—응?

"절대로 저희 방에 오지 마세요. 아셨죠?"

—…….

아예 시작부터 단칼에 잘라 버린 아이린과 함께 베이스 퍼도 슬쩍 진운을 보더니,

"난 혼자 아니면 잠 못 자네. 그러니 오지 말게~"

그 말과 함께 자기 방으로 들어가 버렸다.

"……."

—…….

졸지에 복도에 둘만 남게 된 진운과 레이나는 서로를 쳐다보면서,

“시리 씨의… 장난이… 참…….”

누가 봐도 이건 시리가 장난친 게 뻔했으니 진운은 한숨을 내쉬곤 레이나를 보며,

“미안해, 내가 미리 알아봤어야 했는데.”

진운이 사과를 하자 오히려 레이나가 웃으면서 진운의 얼굴을 양손으로 감싸더니,

─뭐가 미안하단 거야? 그리고 진운이 말했잖아, 연인 사이에는 미안하다는 말 하는 게 아니라고 말야.

“그야… 그렇지만 아직 결혼도 안 했는데… 한방에… 그건 좀…….”

진운의 눈동자가 흔들리면서 말을 횡설수설하자 그런 모습이 귀여운 레이나였다.

─뭐 어때? 어차피 바벨의 탑 안에서 서로 볼 거 못 볼 거 다 본 사이였잖아, 안 그래?

“그야… 그런데, 그때랑 지금이랑… 같… 니…….”

한때 외국에서 재미있는 실험을 한 적이 있다고 했다.

실험에 참가한 사람들이 좋아하는 여자 연예인과 현재 사귀는 애인의 사진을 번갈아 보여주면서 성적인 욕구를 느끼는 것이 어느 쪽이 더 높은지 말이다.

그런데 뜻밖에도 연예인의 사진에서는 성적인 욕구를 느끼는 사람이 거의 없는 반면, 현재 사귀는 애인에게서는 거

의 99% 확률로 성적인 욕구를 느꼈다는 것이다.

그냥 멀리서 바라보는 연예인을 좋아하는 감정과 실제 자신의 곁에 있는 여자에게서 느끼는 좋아하는 감정이 완전히 다른 감정이라는 것이 드러난 실험이었다.

그와 비슷하게 진운도 지금 딱 그런 상황이었다.

처음에 바벨의 탑에서 만났던 레이나는 그저 레이나라는 엘프일 뿐이었다.

뭐, 그 당시 살아남겠다는 지옥 같은 상황도 한몫하긴 했지만 예쁘지만 그 당시 진운에게는 그게 전부였다.

그렇기에 레이나가 대놓고 몸을 줄 수 있다고 해도 진운이 거절했던 것이다.

하지만 지금은 완전 상황이 반대였다.

가장 가까이서 그동안 곁에 있어온 사랑하는 여자로 변해 버렸으니 말이다.

그리고 진운도 남자였다.

거기다 혈기 왕성한 남자 말이다.

만약 예전처럼 레이나가 도발한다면 진운도 스스로 어떻게 변할지 모를 만큼 말이다.

―안 들어올 거야?

"응? …들어가야지."

오히려 레이나가 아무렇지 않게 행동하고 진운이 당황하

는 뭔가 뒤바뀐 모습이 조금 우스운 정경이다.

하지만 레이나는 이미 진운이 사랑한다고 고백한 순간 결혼한 것과 마찬가지로 인식하여 진운을 반려로 바라보고 있었다.

엘프들은 따로 결혼식을 하거나 그런 풍습이 없이 서로 마음이 맞고 사랑이 확인되면 조용히 두 명이 한집에 사는 것이 전부였다.

하지만 진운이 그런 풍습을 알 리가 없으니 지금 당황할 수밖에 없었다.

진운의 입장에서는 결혼식을 올리고 법적으로 도장을 찍어야 결혼이라는 생각이 들 테니 말이다.

그런데 그렇게 당황하는 진운의 모습을 슬쩍 훔쳐본 레이나는 오히려 웃으면서,

―내가 덮쳐 버릴까?

"헙……!!"

웃는 표정을 보면 다분히 장난이라는 것을 충분히 알 수 있었지만 지금 진운에게는 전혀 장난으로 들리지 않는다는 것을 보면 레이나도 조금씩이지만 여우가 되어가고 있을지도 몰랐다.

*   *   *

"어떻게 찾지?"

각자 방으로 우선 흩어져서 짐을 풀긴 했지만 정작 모인 곳은 아이린과 본이 머무는 방이었다.

현재 배정받은 방 중에서 가장 크고 거실과 응접실을 동시에 사용하면서 일행이 전부 모여서 이야기할 만한 크기의 방이었으니 말이다.

"무작정 찾아다닐 수도 없고, 그렇다고 이렇게 있을 수도 없고……."

독일까지 온 것은 좋았다.

하지만 아무리 감시 위성이라고 해도, 그동안 시리의 눈길을 피해서 숨어 있던 녀석들이었으니 쉽게 꼬리가 드러나지 않는 것은 당연했다.

하지만 막상 와 보니 설마 이렇게 평범한 시골일 거라고는 전혀 예상하지 못했기에 다들 당황하면서도 이제 뭘 해야 할지 난감할 수밖에 없었다.

상황이 이렇다 보니 자연스럽게 시선이 모이는 곳은 진운이었다.

"모두 왜 절 보시는 거예요?"

레이나와 아이린, 그리고 베이스퍼, 본의 눈동자를 합친 여덟 개의 눈동자가 집중되자 왜 그러냐고 반박했지만,

"자네가 현재 팀의 리더이니 당연히 자네를 보는 것이지 않겠나?"

베이스퍼가 차분하게 말하자,

끄덕끄덕끄덕…….

다른 나머지 인원이 모두 조용히 고개를 끄덕이는 모습을 보고 있노라면 진운은 왜 자신이 혼자 오지 않고 팀을 이뤄서 왔는지 후회가 되는 순간이었다.

모두의 눈동자가 초롱초롱하게 자신을 쳐다보는 것이 부담스럽기에 어떻게든 무슨 수를 내고 싶긴 한데, 문제는 진운도 딱히 뭔가 괜찮은 방법이 없다는 데 있었다.

무엇보다 막상 와 보니 생각과 완전 다른 이곳의 풍경에 머릿속이 조금 어지러운 상태이기도 했다.

"방법이 하나 있긴 한데……."

나직한 아이린의 한마디에 그동안 말없이 생각만 하던 모두의 시선이 집중되는 것은 당연했다.

"방법이 있다니?"

"어떤 거?"

―생각난 것이 있어?

귀족가의 여식으로 자라와서인지 일찍 철이 들어서 생각하는 것이 여느 같은 나이대의 여자애와는 그 기본 틀이 달랐기에 모두가 기대감을 가지고 아이린을 쳐다보고 있었다.

알게 모르게 아이린이 도움이 많이 되었던 것도 사실이었으니 말이다.

"저희가 찾지 못한다면… 저들이 찾아오게 하는 방법이 있죠."

아이린이 전혀 뜻밖의 말을 하자 조금은 놀라는 듯한 표정들을 지었다.

그도 그럴 것이 지금 자신들은 시리가 전해준 정보를 듣고 몰래 왔다고 해도 과언이 아닐 만큼 조용히 빌헬름스하펜으로 와 있는 상태였다.

그런 상황에서 그들이 찾아오게 유인하자는 말을 하다니.

이건 대담해도 너무 대담하기도 했지만 가끔은 확실히 귀족의 피가 뭔가 다르긴 한 건가? 하는 생각도 들게 했다.

"아이린양의 말대로면… 우리를 노출시키자는 말이군……."

베이스퍼가 미간에 주름이 잡힐 만큼 생각에 빠지면서 혼잣말로 중얼거리는 모습이 그렇게 나쁘진 않게 받아들이는 듯했다.

"확실히 아가씨의 말도 괜찮긴 합니다."

본도 무작정 찾아다닐 바에 차라리 앉아서 기다리는 게 더 속 편하다고 생각했다.

그런데 진운은 표정이 조금 굳으면서 고개를 흔들었다.

"왜요? 진운이 보기에는 나쁜 것 같아요?"

아이린도 딱히 이거다! 하는 마음으로 한 말이 아니었고, 그냥 무작정 머릿속에 떠오르길래 한 말이었기에 진운이 고개를 흔들자 물어본 것이다.

"잘못하면 이곳 사람들이 말려들 수도 있어."

—…아, 하긴.

레이나도 진운의 말에 그제야 자신들이 너무 자신들의 입장에서만 생각했다는 것을 깨달은 듯 한숨이 섞인 한마디를 했고, 아이린도 그제야 아차 싶은 표정을 지었다.

"아, 그렇네요. 녀석들이라면 수단과 방법을 가리지 않을 것이 분명한데……. 괜히 우리 때문에 피해가 간다는 생각을 못했어요."

아이린은 자신은 이곳에서 진운과 함께 온 이방인일 뿐이기에 딱히 그렇게 주변의 피해까지는 생각해 본 적이 없었던 것이다.

물론 결과가 좋다면 약간의 피해도 감수해야 한다는 귀족적인 사고방식이 어느 정도 작용하긴 했지만, 이곳에서 지내는 동안 그런 생각이 많이 바뀐 아이린이었기에 바로 수긍하는 편이었다.

그런데 그런 진운의 말에 베이스퍼는 이야기를 다 듣고 나서 입을 열더니,

"난 진운 군의 말에 조금 반대 입장이네."

"네?"

—어째서요?

"……??"

베이스퍼가 진운의 말에 정면으로 반대 입장을 말하자 당연히 모두의 고개가 갸웃거릴 수밖에 없었다.

아무것도 모르는 일반인을 끌어들일 수도 있다는 것은 지극히 상식적으로 생각해도 맞는 말이었으니 말이다.

그런데 그걸 반대하자 당연히 베이스퍼의 생각이 뭔지 이해를 못한다는 표정일 수밖에 없었다.

"제 생각이 뭐가 잘못된 건가요?"

진운도 그동안 베이스퍼와 지내면서 진중하면서도 의외로 주변에 피해가 가는 것을 최대한 피했던 것을 알기에 지금 베이스퍼의 말이 기분이 나쁘거나 하진 않았다.

다만 자신의 생각과 반대라는 것이 의외였을 뿐이었다.

"자네의 생각이 틀렸다는 것이 아니네, 그저 난 반대의 입장이라는 것이니 말이네."

"……??"

뭔가 같은 말을 하는 듯하면서도 미묘하게 어긋난 듯한 말이었다.

"바로 일루미나티가 생겨나고 지금까지 유지되어 온 역사를 생각하면 조금 꺼림칙한 게 있어서 그러는 거네."

"일루미나티의 역사를……? 꺼림칙하다니, 뭔가 이상하다는 겁니까?"

진운의 되묻는 질문에 베이스퍼는 조용히 입을 열었다.

"사실 이곳을 오면서 나름 조사를 좀 했다네."

그야 당연했다.

다들 어느 정도 개인적으로 알아봤으니 말이다.

하지만 워낙에 알려지지 않은 곳이고 독일 내부에서도 관광객이 시즌에만 몰릴 만큼 한적한 시골이었기에 알 수 있는 것도 제한적일 수밖에 없었다.

직접 와서 보는 것과 이야기로 듣는 것은 완전히 다르니 말이다.

"사실 내 제자들이 내가 빌헬름스하펜으로 간다니 몇 가지 정보를 줬는데 그게 좀… 꺼림칙해서 그러네."

"정보요?"

과거 미국의 국가 공인 마스터였던 베이스퍼는 의외로 제자를 많이 두고 있었고, 그 제자들이 미국 각지에서 활동하고 있는 편이었다.

알게 모르게 제자들이 세계로까지 퍼져 나가 있는 것을 보면 얼마나 되는지 정확한 숫자는 모르지만 살아 있는 무신으로 칭송받을 만큼 제자들에게 베이스퍼는 절대적인 편이었다.

그런데 그런 제자가 정보를 줬다면 자신들이 구하기 쉽지 않은 정보일 것은 확실해 보였다.

"독일은 전범 국가라는 것을 자네들도 다 알고 있을 것이네."

"그야… 세계대전을 일으킨 국가니까요. 뭐, 히틀러를 모르는 사람을 찾는 게 더 힘들 겁니다."

세계적으로 가장 유명한 악의 축 중 하나가 바로 나치와 히틀러였으니 더 이상 설명이 필요없을 것이다.

"다들 이곳 빌헬름스하펜에는 송유관이 지나간다는 것을 알고 있을 것이네, 그래서 해군 기지가 전쟁이 끝나고 해체되었다가 다시 만들어졌으니 뭐 딱히 부연설명은 하지 않겠네. 그런데 꺼림칙하다고 한 것은 바로 송유관이네."

"송유관이요? 그게 왜……?"

한국과 달리 유럽은 국가가 모두 하나의 땅으로 연결되어 있는 편이었다.

현재는 EU라는 커다란 회원국을 거느린 거대한 유럽단체에 속해 있기도 했다.

당연히 한국처럼 배로 원유를 수입할 필요가 없는 것이다.

한국이 기름값이 비싼 것은 정유회사들의 폭리와 세금도 있지만 운송비가 만만치 않기 때문이기도 했다.

뜬금없이 송유관 이야기를 꺼내는 베이스퍼의 말에 진운이 고개를 갸웃거리자,

"폐기된 기밀 서류에서 나온 정보이네만, 원래 송유관은 빌헬름스하펜으로 지나지 않을 예정이었다고 하더군. 그런데 어느 날 갑자기 빌헬름스하펜으로 지나가는 걸로 바뀌었다는 것이네. 그리고 곧바로 마치 미리 짠 듯 해군 기지가 부활했지. 뭔가 이상하지 않나?"

"음……."

베이스퍼의 말을 들어보면 이상한 듯하면서도 상황에 따라 바뀌는 것도 있으니 어떻게 보면 전혀 이상하지 않을 수도 있었다.

바로 인접해 있는 네델란드를 생각하면 말이다.

그런데 베이스퍼는 그런 진운의 생각을 읽었는지,

"빌헬름스하펜을 지나게 되면서 송유관의 길이가 무려 35킬로미터가 늘어나 버렸다면 충분히 이상하다는 생각이 들지 않나?"

"35킬로미터나… 요?"

송유관은 거리에 비례해서 가격과 함께 공사비가 책정되는 편이었다.

미국이 중동이나 아프리카에서 송유관을 통해 항구까지 기름을 빼오는 공사를 하면서 알게 모르게 송유관이 지나는 길목에 있는 원주민들을 학살했다는 것은 이미 아는 사람은 다 아는 흔한 이야기였으니 말이다.

그런데 미국이 그렇게 가지 한 이유는 바로 공사비와 공사 기간 때문이었다.

1킬로미터만 늘어나도 공사 기간이 늘어나는 건 당연했다.

그와 동시에 공사비는 늘어나는 것도 말이다.

그런데 무려 35킬로미터나 늘어났다는 것은 뭔가 이상했다.

그 정도면 늘어난 공사 기간과 공사비가 상상을 할 테니 말이다.

그제야 진운도 뭔가 이상하다는 듯 고개를 갸웃거리자,

"송유관 공사가 시작되기 바로 3일 전에 바뀌었다는군. 빌헬름스하펜 쪽으로 송유관이 지나가도록 말이네."

"흠……. 그럼 뭔가 이상하네요."

확실히 독일이 유럽에서 나름 알아주는 국가라고 하지만 쓸데없이 송유관을 35킬로미터나 늘려서 할 만큼 돈이 남아도는 나라는 아니었다.

특히나 송유관은 국가에서 관리하는 것이기에 세금이 쓰일 것은 당연했다.

나름 복지가 잘되어 있는 만큼 세금을 많이 내는 독일 국민들이 그렇게 자신들의 돈이 쓸데없이 버려지는 것을 보고 가만히 있을 리가 없었으니 말이다.

그런데 그런 것을 다 감수하면서도 굳이 빌헬름스하펜을 송유관이 지나게 했다? 이건 누가 봐도 이상한 것이다.

거기다 뒤늦게 송유관이 이상하다는 것을 알자 해군 기지를 언급한 베이스퍼의 말도 머릿속에 맴돌기 시작했다.

"수상하긴 하네요, 확실히."

"송유관 공사가 들어가자마자 해군 기지 부활이 바로 시작되었다고 하더군. 마치 짜여진 각본처럼 말이네……."

"흠……."

베이스퍼의 말을 들어보면 볼수록 수상한 것이 한두 가지가 아니었다.

그보다 문득 진운의 머릿속에 떠오른 것이 있는데 세계 2차 대전을 일으킨 독일은 군대를 가질 수 있는 데 반해 일본은 공식적으로 군대를 가질 수 없는 것이 이상한 것이다.

물론 일본이 미국 진주만 공격으로 인해서 미운털이 제

대로 박혀서 그럴 수도 있지만 전범 국가인 독일에 비해 조금 과하다고 할 만큼 전쟁이 끝나고 박살이 난 반면 독일은 의외로 자연스럽게 유럽에 녹아든 것이다.

물론 독일 내에서는 히틀러, 하이 히틀러라는 말만 해도 구속될 만큼 금지되어 있지만 군대 자체가 금지된 일본에 비해 독일은 다시 군대를 가지고 있는 것도 조금 이상했다.

"뭔가 석연치 않은 것이 많긴 하네요……."

진운이 나직하게 한마디 하자 베이스퍼는,

"항간에 떠도는 말로는 독일이 그동안 개발했던 미사일 개발 자료와 군사 무기 자료를 미국과 연합군에게 넘겨주는 조건으로 면책을 많이 받았다고 하지만 조금 이상한 것이 많네. 일본이 굳이 중국까지 점령하고도 세력을 넓히지 않고 태평양 건너 미국을 공격한 것도 이상하고 말야."

일본이 미국을 공격한 것은 전쟁의 승리에 미쳐서 미국을 건드렸다고 하지만 이미 그 당시에 미국은 연합군에서 독일과의 전쟁에 러브콜을 보낼 만큼 군사적으로 강한 상태였다.

한마디로 잠자는 사자라는 것을 모르는 사람이 없을 정도로 말이다.

그런데 아무리 미쳐도 일본이 굳이 미국을 건드렸다는 것은 뭔가 이상할 수밖에 없는 것이다.

태평양을 건너 미국을 칠 전력을 차라리 독일과 합쳤다면 현재 아시아 지역의 지도가 바뀌었을지도 모를 만큼 세력이 강했으니 말이다.

그런데 생각하던 진운은 베이스퍼가 지금 하는 말에 핵심은 따로 있다는 느낌을 받았다.

왜냐하면 조금만 생각해 보면 맞지 않는 퍼즐 같은 이야기였지만 한 가지 조건만 들어가면 너무나 딱 들어맞는 퍼즐을 맞춘 것처럼 이야기가 맞아 떨어졌으니 말이다.

"일루미나티가 뒤에서 일본을 부추겼다는 말을 하고 싶은 거죠?"

정확하게 핵심을 찍어서 말하자 베이스퍼는 조용히 고개를 끄덕이면서,

"나도 정보를 받기 전까지는 확실하지 않았네. 하지만 미국에 있던 일루미나티가 움직였다면 일본을 부추기는 것쯤은 아무것도 아니지 않겠나?"

진운은 베이스퍼의 말을 듣고 고개를 끄덕였다. 확실히 일리가 있는 말이긴 했다.

하지만 왜?

굳이 자신들이 있는 본토를 공격하게 한단 말인가?

그런 의문이 들 수밖에 없었다.

"그런데 왜 굳이 일본을 부추기면서까지 진주만을 공격

하게 했을까요?"

진운의 이런 질문에 베이스퍼는 품에서 작은 서류 두 장을 꺼내 진운 앞에 내밀더니,

"이걸 보면 이해가 될 거네."

베이스퍼가 내민 서류를 받아 든 진운은 고개를 갸웃거리면서도 읽어보기 시작했는데 내용은 딱히 별다른 게 없었다.

미국에서 유명한 가문과 기업 등의 이름이 나열되어 있을 뿐이었으니 말이다.

다만 진운이 왼손에 들고 있던 서류에는 겨우 반 정도만 쓰여진 반면, 오른손에 들고 있는 서류에는 빈 공간이 부족할 만큼 빡빡하게 글자가 쓰여 있다는 것이었다.

"지금 자네가 들고 있는 서류 중에 왼쪽 것이 진주만 공격이 일어나기 전, 즉 중립 입장일 때 미국에서 일루미나티 소속이라고 생각되는 사람들이네. 그리고 오른쪽이 일본에 핵폭탄을 떨어뜨리고 일본의 항복을 받아내고 난 뒤에 일루미나티 계열 기업들 명단이네. 이 정도면 이해가 되지 않겠나?"

진운은 베이스퍼의 말을 듣고는 멍하니 서류를 보고는 할 말을 잃어버렸다.

확실히 전쟁은 누구에게는 기회이긴 했다.

맨땅에서 시작하는 것이기에 기회가 무궁무진하다고 할 만하니 말이다.

하지만 지금 베이스퍼가 준 서류를 보면 심하다 못해 혀를 내두를 만큼 차이가 나고 있는 수준이었다.

"엄청나게 확장했군요……."

진운이 순수하게 감탄해서 한마디 하자 베이스퍼는 나직하게,

"그것도 밖으로 알려진 부분일 뿐이라면 자네는 믿겠나? 내 제자의 말로는 거기 쓰인 것에 제곱은 해야 아마 대충 반 정도는 파악한다고 생각해야 된다고 하더군."

"헐……. 대박……."

자신도 모르게 감탄사가 입 밖으로 튀어나올 만큼 대단한 확장력이었다.

그리고 이 정도로 자신들의 힘을 확장할 수 있다면 얼마든지 일본을 부추겨서 미국을 공격하게 할 만하다는 생각이 들 정도였으니 말이다.

아니, 진운이 일루미나티라도 이렇게 했을 것이다.

잃는 것은 거의 없으면서도 얻는 것은 너무나 많았으니 말이다.

그런데 서류를 조용히 바라보던 진운이 고개를 갸웃거리더니,

“뭔가… 이상한데요.”

“뭐가 말인가?”

베이스퍼는 자신이 준 자료를 보면서 뭔가 이상하다는 진운의 말에 궁금한 듯 되물어보자,

“너무… 손해가 없이 확장을 했어요…….”

진운의 말에 베이스퍼는 그게 무슨 소리냐는 듯,

“그야 당연하지 않는가? 실제 전쟁은 미국 본토에서 일어난 것도 아니었으니 말이네.”

베이스퍼는 진운이 한 말을 이해하지 못하겠다는 듯 한마디 하자,

“제가 경영학을 공부한 것은 아니지만, 투자는 어느 정도 손해를 예상하거나 감수하고 한다고 알고 있는 편인데요. 지금 베이스퍼가 준 자료를 보면 이건 마치 절대로 실패하지 않는다는 것을 알고 있다는 듯 덩치를 늘렸다는 생각밖에 들지 않거든요.”

“그야 전쟁으로 인해 모두가 정신없을 때였으니 그렇지 않겠나?”

베이스퍼도 진운의 말을 들었지만 전쟁 시에는 얼마든지 팔자를 고칠 만큼 벼락부자도 나오는 게 일반적이기에 딱히 이상하다고 생각하지 않는 것이다.

하지만 진운은 베이스퍼와 달리 너무나 이상하다는 생각

이 들 수밖에 없었다.

'마치… 미래를 알고 투자한 것처럼 모두가 성공했어. 이건… 절대로 불가능한데…….'

아무리 경영을 모르는 진운이 봐도 투자한 것이 100% 성공한 것은 너무 이상했다.

특히나 짧게는 1년에서 길게는 10년 뒤를 마치 보기라도 한 듯 처음에는 거의 무너지기 직전의 기업을 인수해서 수많은 돈을 손해 보면서까지 유지했다.

그리고 결국에는 대박을 터뜨린 것이 이상하게 보인 것이다.

그러다 문득 진운의 뇌리를 스치는 것이 바로 바벨의 탑이었다.

'설마… 나 외에 바벨의 탑의 주인이 있는 건가……?'

바발의 탑이 실제로는 두 개가 존재했다는 이미 것을 알고 있는 진운이었다.

다만 인간의 힘으로는 찾을 수도 없을 만큼 깊은 땅속으로 사라졌거나 깊은 바닷물 속 심해로 사라졌을 가능성이 높았기에 진운은 딱히 그 부분에 대해서는 전혀 생각지 못했었다.

그런데 그저 자신의 느낌일 뿐이지만 이상하게 바벨의 탑이 뇌리에서 떠나지 않는 것이다.

그냥 막연히 자신의 느낌이 그렇다고 느끼기에 뭔가 개
운치 않는 느낌이 뇌리에 계속 머물 뿐이었다.

—진운, 설마……?

레이나도 진운이 했던 말을 곰곰히 생각해 보더니 바벨
의 탑이 자신과 진운이 머물렀던 곳 외에도 하나가 더 있다
는 사실을 들은 일을 떠올렸다.

거기까지 생각이 미친 레이나는 진운을 빤히 쳐다보고
있었다.

바벨의 탑의 존재는 현재 진운과 레이나 둘만 알고 있었
기에 다른 사람들은 왜 갑자기 레이나와 진운이 저런 표정
을 짓는지 전혀 모르는 듯했지만 말이다.

—잠시 진운과 이야기를 했으면 해요.

레이나는 곧바로 일어나 진운을 데리고 자신들의 방으로
돌아와서는,

—진운, 지금 생각하는 게 나와 같은 거 맞지?

레이나가 조심스럽게 물어보자 진운은 그런 레이나를 바
라보면서,

"아무래도 나 외에 또 다른 바벨의 탑 주인이 있는 것 같
아."

—역시…….

레이나도 진운의 말을 듣고서 자신도 같은 생각을 했기

에 한숨이 먼저 나왔다.

바벨의 탑에서 생활을 해본 레이나와 진운은 탑이 가지고 있는 가장 무서운 능력을 잘 알고 있었으니 말이다.

―설마… 진운과 달리… 바벨의 탑의 제한을 모두 풀어 버린 자가 있다고 생각하는 거야?

진운은 레벨이 떨어져서 바벨의 탑에서 알아낼 수 있는 정보에 한계가 너무 많았고, 여러 가지로 바빴기에 바벨의 탑으로 돌아가지 못했었다.

그러다 보니 자신도 모르게 바벨의 탑의 존재를 잊고 있었던 것이다.

―진운.

"응?"

―바벨의 탑으로 다시 갈 수 있어?

필리핀에서 칼라드볼그의 봉인을 풀면서 게티아의 마력이 완전히 회복되긴 했기에 가려고 하면 갈 수도 있었는데 한동안 게티아를 사용하지 않다 보니 까맣게 잊고 있었던 것이다.

"뭐, 가려면 갈 수가 있어, 그런데 그건 왜?"

―가보자.

"지금?"

―응, 아무래도 진운이 느낀 느낌이… 맞는 것 같아.

진운은 레이나의 말에 잠시 생각하더니,

"그래, 어차피 가서 뭐라도 얻으면 얻었지 손해 볼 건 없으니까."

현재 자신들이 알고 있는 정보 자체가 백지 수준이었기에 바벨의 탑에서 또다시 레벨 제한을 걸어서 정보를 얻지 못하게 되더라도 손해 볼 게 없다는 느낌에 진운이 고개를 끄덕였다.

―우선 다들 우리가 오기 전까지 호텔에 있으라고 말해놓고 가는 게 좋겠어.

어차피 바벨의 탑으로 들어가기 위해서는 게티아를 이용해서 공간 이동밖에 없기에 위험할 리는 없다.

그렇지만 혹시라도 자신들을 찾아서 일행들이 움직일 수도 있기에 미리 말해놓고 가려는 듯, 자리에서 일어선 레이나는 곧바로 방을 나가더니 금방 되돌아왔다.

―가자.

"응"

진운은 즉흥적이긴 했지만 다시 바벨의 탑으로 오랜만에 간다는 생각에 게티아를 낀 손을 들었는데 묘하게 어색한 느낌이었다.

―왜 그래?

"응? …아니야, 아무것도."

진운이 살짝 머뭇거리는 듯해서 물어보자 서둘러 말을 돌려 버리고는 게티아를 들자,

쩌어어억~ 쩌적~

예상대로 게티아의 봉인은 이미 풀려 있었다.

허공이 부서지듯 금이 가더니 공간의 파편이 부서지며 시커먼 통로가 모습을 드러낸 것이다.

"오랜만이네……."

레벨 제한 때문에 사실 진운에게 바벨의 탑은 계륵이나 마찬가지였다.

레벨을 어떻게 올리는지도 전혀 알지 못하는 상황에서 아무리 힘을 키워봐야 레벨이 도통 오를 기미를 보이지 않았다 보니 자연스럽게 잊혀져 버린 것이다.

물론 그동안 바쁘게 돌아다닌 진운의 상황도 있었고, 게티아가 스스로 봉인을 해버리는 바람에 사용 자체를 안 하다 보니 잊혀지는 속도가 더 빠른 것도 있었다.

본래 뭐든지 사용하지 않다 보면 잊어버리기 쉬운 것이다.

전화번호도 휴대폰이 대신 기억해 주면서부터 사람들이 기억하지 않게 되는 것과 비슷한 이치랄까? 아무튼 시커먼 공간을 다시 보니 감회가 새롭긴 했다.

"가자."

―응.

그리고 게티아가 스스로 봉인한지 몇 달 만에 진운은 다시 바벨의 탑으로 돌아가게 되었다.

Chapter 04
탑으로

―변한 건 없네.

오랜만에 돌아온 바벨의 탑 내부는 먼지 하나 없이 마지막 기억 속 그대로의 모습을 가지고 있었기에 레이나는 조금은 반가운 듯 입가에 미소를 지었다.

좋든 싫든 간에 바벨의 탑에서 진운과 만나고 생활하면서 강해졌으니 말이다.

"……."

진운은 주변을 살펴보면서 나름 오랜만에 돌아온 바벨의 탑 내부를 감상하고 있는 레이나와 달리 자신이 정보를 얻기 위해서 사용했던 곳을 보면서 잠시 생각에 잠겨 있었다.

'될까? …그냥 한번 해볼까?'

레벨 제한이 어쩌고저쩌고하는 것이 마음에 걸리긴 했지만 이왕 이곳까지 왔는데 바벨의 탑이 가지고 있는 정보를 보지 않고 그냥 갈 수는 없기에 자리에 서서 게티아를 활성화시켰다.

화아아악!!!

온몸의 마나가 저절로 활성화되는 것을 느낀 진운은 뭔가 이상한 느낌이 들었다.

전에 했을 때와 달리 마나의 활성화가 더 빠르고, 크게 느껴진 것이다.

그리고 그런 느낌이 든 지 얼마 지나지 않아 진운의 눈앞에 투명한 모니터들이 떠오르기 시작했다.

그런데 전과 달리 이번에 진운의 눈앞에 떠오른 모니터의 숫자가 너무 많아서 오히려 진운이 놀라고 있었다.

"뭐야, 이 숫자는?"

─진운, 어떻게 된 거야?

레이나도 진운이 바벨의 탑을 작동시킨다는 것을 알고 옆에서 기대 반, 걱정 반으로 지켜보고 있다가 진운을 둘러싸듯 나타난 수많은 투명한 모니터의 숫자에 놀라긴 마찬가지였다.

"나도 모르겠는데… 어떻게 된 거지?"

전에는 겨우 두세 개 모니터가 뜨는 게 전부였다면 지금은 족히 쉰 개는 넘어 보이는 투명한 화면이 허공에 떠 있었으니 놀랄 수밖에 없었다.

—진운, 혹시 레벨이 오른 게 아닐까?

바벨의 탑이 어떻게 레벨을 측정하는지는 모르지만 뭔가 정보를 보여주는 화면의 숫자가 늘어났다는 것은 진운의 레벨이 올라다는 것을 뜻할지도 모른다는 생각에 레이나가 물어보자,

"…그런가? 잠깐만."

진운은 혹시나 하는 생각에 곧장 자신의 아버지 이름을 머릿속에 떠오르자,

스팟! 스팟! 스팟!! 스팟!!

"……!!!"

—……!!!

순식간에 진운의 눈앞에 가득 죽은 아버지의 사진과 기록이 선명하게 떠오른 것이다.

"레벨이… 풀렸구나. 드디어……."

죽은 사람을 검색하려면 레벨 제한이니 뭐니 하면서 그토록 진운의 애를 먹이던 것이 드디어 풀려 버린 것이다.

거기다 진운의 정면에 떠오른 한 장의 가족사진은 아련한 추억을 떠오르게 만들고 있었다.

"엄마……."

어릴 때 죽어버려 기억조차 희미한 엄마의 웃고 있는 얼굴과 갓난아기를 안고 있는 아버지의 모습을 보면 지금 사진 속에 그들이 안고 있는 아기가 바로 자신이라는 것을 충분히 알 수 있는 진운이었다.

─어머니셔?

레이나도 어느새 진운의 곁으로 다가와 진운이 보고 있는 사진을 보면서 물어보자,

끄덕.

말없이 고개만 끄덕인 진운이었다.

─미인이시네.

씨익~

레이나의 칭찬에 그저 말없이 웃기만 하는 진운이었다.

사실 어머니에 대한 기억은 거의 없는 편이었다.

진운이 태어나고 얼마 뒤에 병으로 죽었다는 말을 들었기 때문에 말이다.

그런데 그렇게 가족사진을 보다 시선을 옆으로 돌리자 아버지 이름과 함께 주요 기록이 떠오른 화면을 보였다. 진운은 신음과 비슷한 한숨이 나올 수밖에 없었다.

"이런……. 아버지가… HID(북파 공작원) 출신이었다
니……."

완전 뒤통수를 후려 맞는 느낌을 받은 진운이었다.

그런데 더 황당한 것은 아버지 이름 옆에 있는 어릴 때
죽은 엄마의 기록이었다.

"…엄마가… CIA……?"

아버지의 기록보다 더 황당한 기분이 들 수밖에 없었다.

부모님이 모두 비밀리에 뭔가를 하는 특수공작원 출신이
라는 것은 전혀 생각지도 못했으니 말이다.

특히 엄마까지 CIA 출신일 줄은 꿈에도 생각지 못했었다.

하지만 그런 것보다 진운을 더욱 할 말 잃게 만드는 것은
바로 엄마의 죽음에 관한 기록이었다.

"…빌어먹을……!!!!"

[두개골 관통, 권총 두 발, 그 자리에서 사망 추정, 범인은
아담 바이샤우트]라는 선명한 붉은 글자가 뇌리에 각인되
는 순간, 저절로 욕지거리가 입 밖으로 튀어나온 진운은 자
신도 모르게 몸에서 마나가 급격하게 팽창하면서 살기가
뿜어져 나오는 것도 모르고 있었다.

"아담 바이샤우트, 뭐하는 놈인지 모르지만……."

어머니 살해 범인으로 바벨의 탑이 알려준 이름을 중얼
거리면서 온몸에 살기를 뿜어내던 진운은 갑자기 이상하게

이름이 낯익은 느낌이 들었다.

"레이나, 혹시 아담 바이샤우트라는 이름… 들어본 기억이 있어?"

―아담… 바이샤우트……? 음……. 왠지 낯익네, 나도.

레이나도 진운의 말을 듣고 이름을 계속 중얼거리더니 이상하게 낯익은 느낌에 조금 생각하더니,

―맞아!!

생각난 듯 진운을 똑바로 보면서 말했다.

―일루미나티를 처음 조작한 사람 이름이 아담 바이샤우트였어.

"……!!!"

레이나의 말을 듣고서야 진운도 그제야 생각이 난 것이다.

그런데 그걸 기억해 내는 순간 진운의 몸이 멈칫거렸다.

일루미나티는 18세기 후반, 즉 1976년에 만들어진 단체였다.

한마디로 자신의 엄마를 죽인 아담 바이샤우트는 최소 3세기 전의 사람이라는 말이었다.

1세기가 100년 기준이라면 어림잡아 200살은 가볍게 넘는 다는 말이었기에 진운의 몸이 순간 멈칫거린 것이다.

사람이 100년도 살기 힘든 게 현실이라는 것을 잘 알고

있는 진운은 직감적으로 아담 바이샤우트가 자신과 같은 사람일 거라고 느꼈다.

—진운, 아무래도 나쁜 예감이 맞은 것 같아.

기억력은 오히려 진운보다 더 좋은 레이나도 아담 바이샤우트라는 이름을 기억해 내자마자 결코 살아 있어서는 안 되는 사람이 진운의 엄마를 죽였다는 상황이 벌어졌기에 물끄러미 진운을 쳐다볼 수밖에 없었다.

"혹시… 동명이인일지도 모르니까 잠깐만."

한국에도 같은 이름의 사람이 많듯, 외국에도 같은 이름의 사람이 많았다.

그렇기에 혹시나 하는 생각에 진운이 붉은 글씨로 쓰여진 아담 바이샤우트의 이름을 손가락으로 가리키자,

좌르르르르륵!!

마치 화면이 쪼개지듯 바뀌더니 사진 한 장과 함께 신상정보가 떠올랐다.

하지만 오히려 신상정보를 보고서는 더욱 얼굴이 굳어져 버렸다.

"젠장, 저런 놈이 상대였단 말야. 지금까지……."

아담 바이샤우트라는 이름 옆에 붉은색으로 또 다른 이름이 표시되어 있었는데, 그 이름은 바로 하인리히 히믈러(Heinrich Luitpold Himmler)였던 것이다.

　세계 2차 대전 당시 히틀러와 함께 유태인 학살계의 쌍두마차로 불릴 만큼 유명한 인물이 바로 하임리히 히믈러인 것이다.

　당시 히틀러가 나치의 두뇌이자 상징이라면 하임리히 히믈러는 손과 발이었다.

　본래 양계장을 운영하던 하임리히 히믈러는 히틀러와 만나면서 인생 역전한 대표적인 인물로 알려져 있다. 하지만 무엇보다 역사를 보면 하임리히 히믈러가 히틀러가 정치를 하게 되는 첫 번째 단추 역할을 하기에 결코 가벼운 이름이 아닌 것이다.

　사실 히틀러가 독일을 휘어잡을 수 있게 된 것은 바로 하임리히 히믈러가 히틀러에게 보낸 편지 한 통이 바로 비극의 시작이라는 말이 있을 정도였으니 말이다.

　본래 히틀러는 뮌헨 맥주홀 봉기에 가담했었다.

　물론 하임리히 히믈러도 같이 가담했었기에 평소에 친분이 있는 편이었다.

　하지만 봉기가 실패하고 난 뒤에 3개월 동안 잡혀 있던 히틀러가 풀려나면서 나치당이 거의 공중분해가 된 상황에 하임리히 히믈러가 보낸 편지 한 통으로 인해 감동받은 히틀러는 다시 정치할 결심을 했다는 말이 있었다.

　물론 역사가 어떻게 흘렀을지는 모르지만 하임리히 히믈

러의 편지가 첫 번째 단추인 것은 부정할 수 없는 역사였으
니 말이다.

그런데 그 인물이 바로 아담 바이샤우트와 같은 인물이
라는 것은 진운도 제법 충격을 받을 수밖에 없었다.

더군다나 두 장의 사진이 있는데 완전 다른 사람의 사진
이 떠 있었지만 동인인물이라고 화면이 말해주고 있으니
더욱 놀라는 것이다.

하지만 하임리히 히믈러는 분명 청산가리를 먹고 나중에
자살한 것으로 기록이 남아 있는데, 버젓히 살아 있다는 것
은 충격을 넘어 진운에게 확신을 심어주기에 충분했다.

"나와 같은 바벨의 탑 주인이 분명해, 저 녀석은……!!!"

아담 바이샤우트가 어떤 방법으로 지금까지 살아남았는
지는 진운도 알 수 없었다.

혹시나 해서 그에 대해서 정보를 검색했지만 오랜만에
붉은색으로 레벨 제한이라는 선명한 글자를 보았다.

물론 진운처럼 마나의 적응을 통해서 완전히 인간의 굴
레를 벗어났을 수도 있었다.

아니면 다른 방법이 있을지도 몰랐다.

확실하게 어떤 방법인지 모르지만 분명한 것은 18세기
사람이 아직까지 살아 있다는 것이다.

"레이나 덕분에… 굉장한 정보를 얻었어."

레이나가 말하지 않았더라면 진운은 정말 바벨의 탑에 대해서 거의 잊고 지냈을지도 몰랐다.

워낙에 계륵 같은 존재다 보니 알게 모르게 신경을 쓰지 않게 되면서 기억 속에서 사라지기 시작했으니 말이다.

하지만 최소한 상대가 누군지는 알게 되었고, 그리고 왜 자신이 일루미나티를 상대로 싸워야 하는지 확실한 동기부여가 되는 셈이었다.

"결국… 이렇게 될… 운명이었나……."

아담 바이샤우트의 사진을 물끄러미 바라보던 진운은 한숨과 함께 시리가 말했던 운명이란 것이 가슴 깊은 곳까지 다가오는 느낌이었다.

이미 진운이 태어나기 전부터 자신의 부모님들은 일루미나티와 싸우고 있었던 것이다.

그리고 그 운명의 굴레가 자신에게까지 연결된 것이고 말이다.

한마디로 진운과 일루미나티는 싸울 수밖에 없는 운명이자, 절대로 양립할 수 없는 사이이기도 했다.

사실 진운은 자신의 아버지를 죽인 원수인 테칸이 죽었을 때 어느 정도 원한이 풀렸다고 생각했었다.

그래서 김현중 회장이 부탁한 일루미나티와의 싸움은 숨어 있는 핵심 본부를 처리함으로 인해서 일단락 짓고 마무리할 생각도 있었다.

사실 인류를 구하니 뭐니 거창한 역할을 할 생각도 없었고, 그런 것을 해서 영웅이 되고 싶은 생각도 없는 진운이었으니 말이다.

녀석들이 어떤 방법으로 인류를 말살하고 자신들만 살아남아 지구 상에 단일 국가를 만들 건지 방법도 몰랐고 관심도 없었던 것이 더 이상 그러지 못하게 되었다.

─진운…….

레이나가 진운의 곁으로 다가와 살짝 어깨를 어루만지자 그제야 부드럽게 진운의 마나가 진정되더니 태풍의 바람처럼 뿜어져 나오던 살기도 수그러들기 시작했다.

"아직 알아야 될 것이 너무 많아."

어느 정도 머리가 식은 느낌이 들자 진운은 베이스퍼가 말했던 것을 정보를 찾아보기 시작했고, 역시나 자신들의 예상이 맞은 듯했다.

특히 일본이 미국의 진주만을 공격하게 된 원인도 알게 되었는데 바로 독일에서 일본에 원자폭탄을 주기로 했던 것이다.

"아예 작정을 했었다는 거네, 일루미나티 녀석들……."

비밀리에 U보트를 이용해서 일본 장교 몇 명을 포함해서 독일 빌헬름스하펜 기지에서 출발해 일본까지 움직였었다.

다만 영국 해군에 걸리는 바람에 일본은 제때 원자폭탄을 독일에게서 받지 못했다는 것이 문제이지만 말이다.

그리고 바벨의 탑을 통해서 알게 된 것인데 진주만을 폭격할 때 독일에서 받기로 한 원자폭탄을 사용하려는 계획이었다는 것도 알게 되었다.

즉 진주만의 공격 때 원자폭탄을 성공적으로 떨어뜨렸었더라면 아마 세계 2차 대전은 어떻게 흘러갔을지 그 누구도 장담할 수 없는 상황일지도 몰랐었다.

“…헐……”

그런데 정보를 보면서 스크롤을 내리던 진운은 숨이 빠지는 느낌을 받아 버렸다.

“2차 대전 자체가… 일루미나티 녀석들의 아니… 정확하게 아담 바이샤우트의 계획 아래에 시작되고 끝났다니……. 이걸 믿어야 하는 건가……”

붉은 글씨로 ‘독일을 이용한 세계 2차 대전 실행 작전 완벽하게 수행 종료’ 라는 글이 선명하게 눈에 들어오고 있었다.

한마디로 세계 2차 대전도 일루미나티의 손에서 놀아난 결과라는 말이었다.

히틀러에게 게르만족이 우월하다는 식으로 사상을 집어넣은 것도, 그 당시 독일을 전쟁 비용을 충당하기 위해서 거의 옛날 구소련 붕괴 시절과 같이 밑바닥까지 몰아붙인 것도 모두 두 번째 세계 대전을 일으키기 위한 치밀한 작전이라는 것이다.

그리고 옆에서 그 모든 것을 전해 들은 레이나도 많이 놀란 표정이었다.

─설마… 그 정도인 거야?

"아무래도 우리가 생각했던 것 이상의 조직인 것 같아."

─그럼 진운과 같이 아담 바우샤우트도 바벨의 탑의 주인이라는 추측이 대단히 높다는 말인데… 우리가 상대가 될까?

레이나는 냉정하게 지금 자신들의 전력을 생각하면 어림도 없는 일이라는 것쯤은 잘 알고 있었다.

다만 극소수의 사람만 모이다 보니 가장 핵심까지 들어가서 적의 머리만 처리한다면 그나마 가능성이 있긴 했다.

물론 그 머리가 진운과 같은 바벨의 탑의 주인이라면 상당히 고전이 될 것이라는 것은 충분히 예상할 수 있었고 말이다.

"아무래도 계획을 바꿔야겠어."

─응? 바꾸다니?

"레이나."

─응? 말해봐.

"나와 둘이서 가야겠어."

레이나는 진운의 말에 잠시 눈동자가 흔들리더니 곧 멈췄다.

─상대가 아무래도 바벨탑의 주인이라고 확신하는 모양이네, 진운은.

"확신이 아니라 지금까지 상황이 말해주고 있잖아, 18세기의 사람이야. 하지만 그건 드러난 정보일 뿐이야. 레이나는 여기 화면에 떠오르는 글을 읽지 못해서 모르겠지만……."

말꼬리를 슬며시 흩어뜨린 진운은 아담 바우샤우트의 정보가 쓰여진 곳에 바로 아래 출생 연도와 사망 연도가 표시된 곳을 보고는 한참이나 입을 열지 못했다.

─말해봐.

"아담 바우샤우트는 알려진 것과 달리… 실제 출생 연도와 사망 연도가 물음표로 표시되어 있어."

─응? 그게 무슨 말이야? 물음표라니?

선뜻 말을 알아듣지 못한 레이나가 되묻자,

"바벨의 탑의 정보가 알아내기 힘든 건지 아니면 모르는 건지 모르지만 표시가 되지 않아."

그제야 진운의 말을 알아들은 레이나는 굳은 표정으로,

─설마… 얼마나 살아왔는지 나오지 않아?

"응, 그리고 단편적으로 이미 알려진 정보 외에는 모두 붉은색으로 레벨 제한이 걸려 있어."

─세상에……. 지금 상태를 보면 진운의 레벨도 많이 풀렸잖아. 죽은 사람의 기록까지 되는 것을 보면 그런데 아직 살아 있는 사람의 정보가 레벨 제한으로 볼 수 없다면…….

"나보다 레벨이 높다는 뜻이지. 최소한 바벨의 탑만 보면 말이야."

─알았어, 상대가 그렇다면 오히려 호텔에 있는 일행이 더 거추장스러울 수도 있겠네.

레이나 자신이야 바벨의 탑에서 함께 생활했기에 상대가 아무리 강하다고 해도 어느 정도 대처가 가능했다.

왜냐하면 자신이 처음 바벨의 탑에서 생활했었으니 말이다.

그리고 사실 레이나가 하이엘프 중에서 비정상적으로 강한 것도 모두 바벨의 탑에서 혼자 살아남아서 빠져나가기 위해 싸우다가 강해진 것이었다.

물론 하이엘프가 강했다.

다만 레이나가 터무니없이 더 강할 뿐이었다.

진운도 다른 사람은 몰라도 레이나만큼은 데려가려고 했다.

어차피 시작을 같이했으니 마지막도 같이해야 한다는 느낌도 있지만, 자신이 옆에 있어야만 할 것 같은 기분이 들었기 때문이었다.

그리고 레이나에게는 말하지 않았지만 아이린과 본, 그리고 베이스퍼의 정보도 나름 살펴봤었다.

그리고 그들의 출생 연도와 사망 연도가 쓰여진 것 중에서 사망 연도가 희미하지만 2012년으로 쓰여 있는 것을 본 것이다.

물론 레이나는 화면에 출력되는 글을 읽을 수 없었다.

게티아를 가진 진운만 읽을 수 있으니 말이다.

다만 아직 희미하다는 것이 이대로 자신들만 가면 그들이 굳이 죽지 않아도 된다는 생각에 과감하게 처음 계획을 뒤집고 레이나와 둘이서만 가기로 한 것이다.

레이나와 진운의 정보에서는 사망날짜가 아직 나오지 않았으니 말이다.

Chapter 05
거짓말

　―그런데 이제 그만 돌아가 주세요~ 한다고 돌아갈 사람들이 아니잖아?

　레이나와 진운은 바벨의 탑에서 다시 호텔의 방으로 돌아왔다.

　생각 이상으로 진운의 레벨이 많이 올라서 바벨의 탑에서 아담 바우샤우트에 대한 정보 외에는 대부분 알아낼 수 있었기에 생각보다 더 오래 머물긴 했지만 대단히 많은 소득을 올린 편이었다.

　다만 문제는 갑자기 바뀐 계획으로 인해 지금 모여 있을 다른 일행을 어떻게 하느냐였다.

"음……. 가능하면 조용히… 쥐 죽은 듯이 이곳에서 기다려 줬으면 좋겠는데……. 그건 사실상 힘들겠지?"

―그야 당연하지. 아이린은 일부러 체이탁까지 구해서 따라왔나는데.

"체이탁까지……?"

아이린이 저격수 잡는 저격총이라는 별명이 붙은 체이탁까지 들고 따라나섰다는 말에 정말 머리가 지끈거리는 진운이었다.

물론 따라오라고 한 건 맞지만 아이린은 후방 지원 쪽으로 해서 멀리서 지원 사격하는 걸 생각했었다.

하지만 막상 이곳에 오니 이곳이 정말 일루미나티 본부가 있는 곳이 맞는지 의심스러울 만큼 평온한 모습과 시골스러운 모습에 어쩌면 아이린이 필요 없을지도 모른다고 생각하고 있지만 말이다.

그건 그거고, 도대체 그 비싼 총을 어떻게 구했는지 정말 대단하다는 생각이 먼저 드는 진운이었다.

총의 가격만 기본 3,000만 원은 넘고 전용 체이탁탄을 사용하는 특수한 총이기 때문에 제작 과정도 모두 수공업으로 만들어서 그런지, 가격이 웬만한 중형차 한 대 값과 맞먹을 만큼 비쌌으니 말이다.

실제 만든 미국에서도 사용하는 사람이 극소수에 이를
만큼 대중화되진 못한 총이긴 했다.

하지만 무식하게 비싼 가격을 제외하면 성능 하나만큼은
현재 만들어진 저격총 중 최강이라는 이였다.

괜히 저격수 잡는 저격총이 아니었다.

사거리만 2,300미터는 기본이고 특수탄을 사용하면 4킬
로미터까지 저격이 가능했으니 말이다.

거기다 그냥 일반 사람도 잠깐 교육을 받으면 1킬로미터
정도는 헤드 샷으로 저격이 가능할 만큼 성능이 괴물급이
었다.

"아예 작정했구만……."

─자신이 가지고 있던 액세서리를 팔아서 샀다고 하니
까, 뭐, 우리가 뭐라고 할 건 아니긴 한데 좀… 미안해서 그
래.

하긴 귀족가의 여식이었으니 아무리 혈혈단신으로 나왔
다고 해도 숨겨진 장신구쯤은 있을 것이다.

대륙은 보석이 마나 밀도가 높아서 그런지 지구와는 차
원이 다른 최고급만 나왔으니 대충 이해가 되는 진운이긴
했다.

하지만 그건 그거고 이건 이거였다.

"수면 마법으로 재워 버리는 건 어때?"

아무래도 레이나가 마법사였으니 가장 먼저 드는 생각이 수면 마법으로 잠자는 숲 속의 공주처럼 그냥 며칠 강제로 재워 버리면 괜찮지 않을까? 해서 물어보자 레이나는 고개를 절레절레 흔들면서,

─진운, 수면 마법은 그냥 잠을 재우는 것뿐이야. 그래서 길어도 24시간이 한계야.

"그래……? 쩝……."

진운이 실망스러운 표정을 짓자 레이나는 웃으면서,

─사람이 아무리 깊은 잠에 빠져도 생리 현상은 어쩔 수가 없잖아. 그런데 수면 마법은 강제로 뇌를 잠재우는 거라서 몸은 제법 긴 시간 동안 평소와 같이 움직이게 되어 있어. 그래서 수면마법은 짧게 한두 시간 쓰는 게 대륙에서는 일반적이야.

"알았어, 미안해."

괜히 실망한 듯 표정을 보여준 것 같아 진운이 사과했지만 다그친 레이나도 마땅히 괜찮은 방법이 없는 것은 마찬가지였다.

같이 가자고 일부러 데리고 왔는데, 이제 와서 빠지라고 한다면 '네~' 하고 빠질 사람들은 아니었으니 말이다.

─차라리 이렇게 하자.

"뭘?"

몇 분 정도 머리를 맞대고 궁리하던 진운은 레이나의 눈빛이 반짝이는 것을 보고는 기대를 가지고 쳐다보자,

─아까 바벨의 탑에서 가져온 정보 중에 공장이 있었지?

"아, 그거? 그거야 그냥 좀비 만드는 공장으로 결론 났잖아."

놀랍게도 필리핀에서 봤던 좀비들이 바로 이곳에서 만들어졌다는 것을 알게 된 것이다.

그것도 가장 외각에 사람이 잘 오지 않는 작은 공장이었다.

물론 겉으로 봐서는 작은 페인트 공장이지만 실제로 좀비가 만들어지는 곳은 지하였다.

마치 축구 경기장만 한 크기의 지하를 파서 그곳에서 좀비를 만들어내고 있었으니 말이다.

하지만 그곳은 진운이 찾는 곳이 아니기에 그냥 무시했었다.

그런데 그곳을 레이나가 다시 끄집어낸 것이다.

─그러니까 거기를 이용하자는 거야.

"이용……?"

─우리가 정보를 알아냈다고 해서 그 공장으로 유인하는 거지, 아이린은 외각에서 저격하라고 하고 본은 아이린을 지키라고 하면 되잖아.

"음, 그건 그렇네."

―그리고 베이스퍼 씨는 좀비 몇 마리 붙여주면 열심히 싸울 테고 말야.

레이나의 말대로 진운처럼 게티아를 이용해서 마기를 흡수해 버리거나, 아니면 레이나처럼 엘프의 활을 이용해서 마나와 마기를 서로 직접 충돌시켜 소멸시키는 방법이 아닌 오러블레이드를 이용해서 좀비를 처리해야 한다면 당연히 시간이 걸릴 수밖에 없을 것이다.

―그리고 우린 공간 이동을 해서 처음 예상했던 박물관으로 가는 거야.

"음……."

확실히 레이나의 생각이 괜찮아 보였다.

아이린과 본은 몰라도 베이스퍼는 그동안 경험이 많기에 어설프게 속여 봐야 속지도 않을 것이니 아예 이렇게 좀비 소탕하는 데 몰아주고 자신들은 공간 이동으로 빠져나오는 것이 괜찮을 것 같기도 했다.

물론 진운과 레이나가 가장 먼저 공장 안으로 들어가 버려야 한다는 조건이 있지만 현재 이 팀에서 무력이나 능력이라면 손에 꼽을 진운과 레이나였으니 문제될 것은 없어 보였다.

"좋아, 그렇게 하자. 좀 미안하지만 사람이 적을수록 유리하니까 어쩔 수 없지.”

—그런데 정말 마지막까지 둘이네.

레이나가 웃으면서 말하자 진운도 멋쩍은 듯 웃으면서,

“그러게. 정말 마지막까지도 둘이구나. 처음 만났을 때도 둘이었는데 말야.”

—운명이란 걸, 난 요즘 들어서 믿고 싶어져.

논리적인 사고가 대부분인 엘프들은 운명을 잘 믿지 않는 편이었다.

당연히 태어날 때부터 역할이 나눠져 있는 편이었으니 말이다.

주어진 대로 살아가는 것이 엘프들에게 너무나 당연하게 여겨졌기에 레이나도 진운을 만나기 전까진 운명이라는 것은 인간들이나 말하는 허무맹랑한 상상이라고 생각했던 적이 많았다.

하지만 지금 진운과 자신을 보면 그 생각이 과연 옳았는지 확신할 수가 없기에 운명을 믿기 시작한 것이다.

처음 만나 둘이 서로 살기 위해 바둥거리다 결국 평생을 함께할 반려가 된 레이나와 진운이었으니 말이다.

씨익~

씨익~

잠깐이지만 서로 눈이 마주친 진운과 레이나는 동시에

입가에 미소를 지으면서 천천히 얼굴을 가까이 대더니 입술이 하나로 합쳐졌다.

"살아남을 거야."

—응, 나도 신혼 생활이라는 걸 하고 싶어.

나직이 둘만의 시선이 교환하고서 짧은 입맞춤을 끝으로 방을 나선 진운과 레이나는 곧장 일행이 모여 있는 방으로 들어가서 정보를 얻었다고 우선 둘만의 계획을 시작했다.

*　　*　　*

"좀비를 만드는 공장이라… 확실히 가볼 만해."

베이스퍼가 심각하게 생각하면서 걸려드는 것 같자 진운과 레이나는 속으로 회심의 미소를 지었다.

경험이 제일 많은 베이스퍼만 넘어간다면 아이린이나 본은 그저 들러리에 지나지 않으니 말이다.

"언제 출발할 텐가?"

베이스퍼가 굳은 눈으로 결심한 듯 말하자 레이나는 기다렸다는 듯,

—우선 지금은 날이 밝으니 해가 떨어지고 사람들이 잠든 시간에 움직여야 해요. 아무리 이곳이 시골이고 한적한 곳이라고 하지만 송유관이 지나가고 나름 독일에서 공업으

로 유명한 곳이라서 거리에 사람이 적다고 사람이 없는 건 아니니까요.

조리 있게 레이나가 말하자 베이스퍼도 고개를 끄덕이면서 수긍했다.

그리고 레이나에 바통을 넘겨받은 진운이 입을 열었다.

"우선 포지션을 짜야 합니다."

"포지션?"

"포지션을 왜 짜요?"

진운이 느닷없이 포지션을 짠다는 말에 베이스퍼도 그렇고, 아이린도 고개를 갸웃거리자 그런 그들을 보며 진운이 다시 입을 열었다.

"상대는 좀비를 만드는 공장인데, 그냥 무작정 쳐들어가는 건 우리가 자칫 함정에 빠질 수도 있는 일이기 때문도 있지만 최대한 효율적으로 작전을 짜서 움직여야 혹시 다른 곳으로 옮기더라도 유리하지 않겠어?"

진운이 아이린을 보며 나직이 알아듣기 편하게 말하자,

"…그건 그런데……"

역시나 아이린은 진운의 말에 바로 넘어가 버렸다.

그리고 고개를 돌려 베이스퍼를 바라보자 베이스퍼도 조용히 고개를 작게 끄덕이는 것을 보니 수긍하는 듯했다.

"우선 적은 좀비야, 일반적인 무기로는 안 돼. 그건 이곳

에 있는 모두가 알고 있는 사실이지, 그리고 좀비를 상대로
확실히 무력을 쓸 수 있는 사람은 나, 레이나, 그리고 베이
스퍼뿐이지.”

진운이 콕~! 집어서 아이린과 본을 빼버렸다.

베이스퍼 하나만 하더라도 사실 지금 은근히 긴장이 되
는 진운이다.

만약 여기에서 숫자가 더 이상 늘어난다면 몰래 도망치
는 계획에 있어 문제가 생길 수도 있다는 게 그의 판단이었
다.

그런데 갑자기 본이 손을 슬쩍 들더니,

“저도 좀비를 상대로 가능합니다.”

“……??”

―……???

“……??”

갑작스런 본의 말에 다들 그게 무슨 뜻이냐는 듯 시선이
집중되자,

“설명보다 그냥 보여드리는 게 더 편하겠죠.”

그러고는 일어서더니 한쪽에 걸어두었던 검을 뽑아 든
것이다.

대륙에서 본이 사용하던 롱소드와 같은 두껍고 무거운
검이 아니라 중국식 검과 비슷하면서도 검의 뒷면이 살짝

굽어 있어 묘하게 일본도 느낌도 살짝 나는 특이한 검이었
다.

"제가 그동안 백호연 씨에게서 배운 건 좌수검입니다."

본의 말을 들은 진운은 이름을 듣자마자 머릿속에 곧바
로 자주 소설에서 보던 장면이 떠올랐다.

"좌수검이면 그 한 손만 사용하는 검술 말이군요?

"네."

확실히 좌수검이 특이한 검이긴 했다.

물론 본은 팔이 하나밖에 없어서 어쩔 수 없이 좌수검을
선택하게 되었지만 말이다.

오른쪽이든 왼쪽이든 결국 외팔이 검술이라는 것은 변함
이 없으니 크게 문제될 것은 없었다.

다만, 기존에 자신이 가지고 있던 검술을 버리고 완전히
새로 몸에 익혀야 한다는 단점 때문에 진운도 사실 본이 예
전의 경지를 찾는 것은 빨라도 몇 년은 걸릴 거라고 생각했
었다.

그런데 겨우 몇 달 만에 좀비를 상대할 수 있다고 자신있
게 말하니 놀랄 수밖에 말이다.

"직접 보고 판단해 주십시오."

진운과 베이스퍼를 향해 공손히 고개를 숙여 인사한 본
이 검을 손에 쥐고 마나를 활성화하자 놀랍게도 검의 표면

이 푸른색으로 물들더니 실 같은 것이 뿜어져 나오기 시작
했다.

"검사……!!"

베이스퍼는 단번에 지금 본의 검에서 실처럼 뿜어져 나
오는 마나의 줄기가 검사라는 것을 알아차렸다.

검강의 바로 전 단계로 알려진 경지로 검강, 즉 오러블레
이드를 사용하기 바로 전의 상태라는 증거였다.

그런데 실처럼 뿜어져 나오던 검사가 빠르게 서로 얽히
고 뭉치더니 검의 표면에 들러붙기 시작했다.

"설마……!!"

베이스퍼는 이렇게 빠른 기간에 검강을 만드는 사람을
본 적이 없었기에 놀랐다.

팔을 잃기 전에도 검사의 경지에 오르지 못했던 본이었
다.

그런데 그런 본이 팔을 잃고 지구로 와서 몇 달 만에 검
사의 경지에 오르다니 진운으로써도 믿을 수 없는 일인 것
이다.

하지만 그런 모두의 놀라움을 비웃기라도 하듯 본의 검
에 선명하게 검강이 푸른빛을 뿜으면서 완벽하게 검의 모
양으로 만들어져 있었다.

그리고 시간이 조금 걸리긴 했지만 오러블레이드를 만든

본도 딱히 힘들어하거나 고도의 정신집중을 해서 만든 것 같지도 않았다.

"자네… 마스터였구만!"

베이스퍼가 놀라워서 벌떡 일어서자,

가볍게 심호흡 한 번으로 마스터의 증거인 오러블레이드를 흩어버린 본이 입가에 미소를 지어 보였다.

"굉장해……!"

진운도 순수하게 본이 마스터에 오른 것을 축하해 줄 수밖에 없었다.

모든 것을 떠나 열정과 오기 하나로 이룬 경지였으니 말이다.

그리고 조금은 황당하게도 진운이 처음 본과 약속했던 기간 안에 마스터가 되어 달라고 했던 약속대로 정말 본은 마스터에 올라 버렸다.

"진운님."

"응?"

"전 약속을 지켰습니다."

다부지게 흔들림 없는 눈동자로 자신을 쳐다보며 말하는 본의 모습에 진운은 웃으면서,

"그래, 그럼 나도 약속대로 아이린이 가문을 되찾을 때까지 지켜주도록 하지. 단 이번 싸움이 끝나고 돌아간 다음에

말야."

사실 누구에게도 말하지 않았지만 진운은 이번 싸움이 끝나면 대륙으로 가서 한동안 지구로 넘어오지 않을 생각까지 했다.

뭐랄까, 너무 시달렸다고나 할까?

뭔가 자신을 중심으로 빠르게 돌아가는 세상을 느끼긴 했다.

하지만 그걸 감당하기에는 아직 자신이 부족하다고 절실히 느끼는 진운이었다.

그렇기 때문에 이번 일만 끝나면 대륙으로 가서 레이나와 신혼 생활도 즐기고 아이린도 좀 도와주면서 나름 대륙에서 유희 아닌 유희를 즐겨볼 생각인 것이다.

물론 소지훈과 김미영에게는 미안하지만 이제 자신도 독립해서 그들의 걱정을 덜어줄 때가 되었다고 생각이 되었다.

더군다나 이번 일이 끝나면 더 이상 그들에게 위험한 일도 없을 것이니 안심도 되고 말이다.

그저 여행 삼아 차원 이동했던 진운은 이상하게 태어나고 자라온 지구보다 대륙에 더 끌리고 있는 자신을 발견하고 조금 어이가 없기도 했지만, 복잡하고 머리 아픈 지구보다 대륙이 더 괜찮다고 인정하고 있었다.

해서 받아들이는 것은 크게 문제가 없는 편이었다.

"감사합니다!"

본은 한 팔로도 능숙하게 진운 앞에 엎드려 절까지 하면서 대답했다.

한편 그런 본을 말없이 지켜보면서 눈가에 눈물을 흘리는 아이린은 감정이 북받쳐서 입을 열 수가 없었다.

'내가… 뭐라고… 이제 가문의 인장까지 버린 몰락 귀족의 여자일 뿐인데…….'

사실 본은 아이린이 아니라도 어딜 가도 대접받을 수 있는 능력이 있었다.

백작 가문에서 권력의 다툼이 아니라 오직 실력 하나로 기사단장의 재목으로 꼽혔을 정도였으니 말이다.

하지만 그 모든 것을 다 버리고 아이린을 따라온 본이었다.

그뿐인가?

진운과의 약속 때문이라고 하지만 사실 원인은 아이린 본인에게 있었다.

자신이 아니라면 그가 전쟁터를 떠돌면서 일부러 마스터에게 싸움을 걸었다 팔까지 잃어버리면서까지 실력을 키울 필요가 없었으니 말이다.

그리고 아이린은 해맑게 웃으면서 자신을 쳐다보는 본을

보고는 결국 울음을 참지 못하고 터뜨려 버렸다.

'똑같아. 그때와 너무 똑같아…….'

방금 자신을 쳐다보던 본의 얼굴이 처음 아이린 자신을 지키기 위해 왔을 때 지었던 표정과 너무나 똑같았기 때문이었다.

아이린만 몰랐을 뿐이지, 본은 처음 아이린의 기사로 왔을 때나 지금이나 변한 게 없었고, 아이린은 그걸 지금 알게 된 것뿐이었다.

'바보군요, 본 경은… 정말…….'

정말 바보였다.

오로지 자신이 지키기로 맹세한 영애를 위해 기사에게 생명과 같은 한쪽 팔까지 잃어버리고도 결국 스스로의 힘으로 마스터에 올랐으니 말이다.

한편으로 그런 본과 아이린을 가만히 바라보고 있는 진운은 바벨의 탑에서 봤던 아이린과 본, 그리고 베이스퍼의 사망 연도를 표시했던 희미한 숫자를 애써 지워 버리려고 했다.

'절대… 죽게 두지 않아. 이제 그 누구도… 내 곁에 있는 사람은… 절대로…….'

잃어버린 것은 부모님 하나로 충분했으니 말이다.

—자~ 본 경이 마스터에 오른 것을 축하하고 있는 분위

기에 죄송하지만, 포지션을 정해야겠죠?

"그건 그렇지."

베이스퍼가 나직이 잠깐의 기쁨에서 벗어나 다시 진중한 표정으로 돌아오고 진운이 입을 열었다.

"아이린은 후방 최소 1킬로미터 뒤에서 저격 지원을 해줬으면 해. 그리고 본 경은 그런 아이린을 지켜야 하기 때문에 함께 있어야 하고 말야."

"네?"

"그게… 저 마스터입니다. 이제 좀비를 상대로 싸울 수 있습니다."

아이린과 본 둘 다 진운의 말에 황당하다는 듯 표정을 지으면서 따지고 들었지만,

"아이린은 좀비를 상대로 일반인이나 마찬가지야. 그건 틀림없지?"

진운이 나직하게 목소리는 낮췄지만 마나를 살짝 실어서 확실하게 전달하자,

"그야… 하지만 전 총이 있는데."

모기만 한 목소리로 총이 있으니 괜찮지 않느냐는 듯 항변하는 아이린이었다.

물론 그런 말에 넘어갈 진운이 아니긴 했지만 말이다.

"저격용 라이플은 연사가 불가능해. 그리고 알다시피 죽

은 시체로 만들어 마기를 채운 좀비는 소설이나 영화처럼 머리를 쏘면 죽는 그런 허접한 것이 아니야, 우리는 실제 상황이란 말야."

"……."

진운의 말에 전혀 입을 열지 못하는 아이린이었다.

틀린 말은 아니었으니 말이다.

하지만 이대로 진운의 말대로 뒤에서 멀리서 구경만 하다가 끝낼 수는 없다는 듯 다시 고개를 빳빳이 들고는 진운을 쳐다보면서,

"그럼 후방 지원도 소용없잖아요. 어차피 저격총으로 죽일 수 없다면 말이죠."

"……."

갑작스런 아이린의 반격에 진운도 순간 말문이 막혀 버렸는지 슬쩍 레이나를 쳐다보자 어쩔 수 없이 레이나가 나섰다.

―그건 내가 해결해 줄 수 있어요.

"네? 레이나 언니가요?"

어차피 마나를 담아서 총을 쏘지 못하는 이상 아이린의 후방 지원은 아무짝에 쓸모가 없었다.

진운은 그걸 미처 생각지 못하고 있었을 뿐이고, 레이나는 이미 예상했는지 아이린에게,

─체이탁 전용으로 소음기가 있죠?

"소음기요? 그야… 있죠."

─그걸 나에게 줘봐요.

아이린은 진운을 몰아세우던 기세가 한풀 꺾이더니 순순히 자신의 침대 밑에서 자신의 키만 한 가방을 하나 꺼내더니 열었다.

그리고 거기서 적당히 짧은 몽둥이 같은 것을 레이나에게 내밀었다.

"이게 체이탁 전용 소음기예요."

─자 그럼… 아이린 양도 도움이 되고 싶어 하는 것 같아서 제가 아티팩트를 만들어줄려고 해요.

"아티… 팩트요?"

레이나 정도의 마법 실력이면 충분히 아티팩트를 만들 수 있었다.

다만 염치가 없었고 스스로 힘이 없다는 것에 말을 하지 못했을 뿐이었기에 레이나가 먼저 해주겠다는 말에 많이 놀라는 아이린이었다.

─잠시만 뒤로 물러서요, 모두.

레이나가 뭔가 할 것 같다는 생각에 다들 순순히 물러서자 레이나는 바닥에 원을 그리고 삼각형과 펜타그램을 몇 개 그리더니 그 안에 이상한 그림과 글자, 문자를 섞어서 한참 동안 마법진을 만들기 시작했다.

사실 지금 레이나가 그리는 마법진을 이곳에서 알아볼 수 있는 사람이 없다는 것이 조금 아쉽긴 하지만, 레이나가 그리고 있는 것을 대륙의 마법사들이 봤다면 혀를 깨물고 기절할 수준의 마법진이었다.

일반적으로 아티팩트는 소모성 물품이 대부분인 편이었다.

그게 아티팩트 자체가 마나를 사용해서 마법을 발현시키는 특징이다 보니 건전지처럼 마나를 다 쓰거나 마법사가 그려넣은 마법을 한계까지 사용하고 나면 부서져 버리는 것이 아티팩트의 마지막 끝이었고, 아이린도 그걸 잘 알고 있었다.

다만 아티팩트가 워낙 고가에 잘 구하기도 힘들었으니 놀라는 것이다.

하지만 지금 레이나는 반영구적인 아티팩트를 만들려고 하는 중이었다.

사실 레이나도 지금까지 아티팩트를 간간이 만들기는 했지만 자신이 쓰는 용도로 간단한 것만 만들던 게 사실이었다. 그러나 워낙에 마법 실력이 높다 보니 웬만한 마탑의 마탑주보다 좋은 물건이 만들어졌었다.

그러다 우연히 지구에서 충전지라는 것을 알게 된 레이

나는 충전지와 같은 개념을 아티팩트에도 사용하면 어떨까? 하는 생각을 하게 된 것이다.

처음에는 머릿속으로 구상만 하던 것을 쓰는 것이라 겨우 소음기를 통과하는 총알에 마나를 부여하는 것이 전부였다.

하지만 이제는 마나를 자동으로 끌어와 충전하는 방식으로 변하여 마법진이 이처럼 복잡하고, 어떻게 보면 난잡할 만큼의 이상하고 마법진이 그려지고 있던 이유였다.

─시작합니다. 잠시 진운이 좀 도와줘.

마법진과 자신의 마나만으로도 충분하긴 했지만, 처음 시도하는 자동 충전식 마나 부여 아티팩트의 특성상 진운의 도움으로 가능성을 최대한 끌어 올리려는 레이나는 진운을 맞은편에 서게 하고는 마주본 상태로 마법진을 활성화시켰다.

─활성!!

슈아악!!!

그냥 바닥에 낙서처럼 그려졌던 마법진이 순간 푸른빛과 함께 살아 숨쉬듯 주변에 일렁이더니 마법진 위에 놓여 있던 소음기와 함께 천천히 허공에 떠오르기 시작했다.

그때.

─진운, 지금이야. 마나를 활성화해서 주변에 마나를 최

대한 끌어모아 줘.

진운은 그저 아티팩트 마법이 움직이는 도중에 조금이라도 더 많은 마나를 끌어모아서 소음기에 저장시키는 용도였던 것이다.

그리고 그런 레이나의 예상이 맞기라도 한 듯 진운이 마나를 활성화시켰다.

그러자 주변의 마나가 자석에 끌리듯 모여들기 시작하더니 푸른빛이던 마법진이 점점 더 진해져서 이제는 남청색에 가까울 만큼 변해 있었다.

―좋아, 성공하겠어.

마나의 집중도가 진운의 도움으로 최대치까지 올라갔다는 것을 느낀 레이나도 자신의 첫 번째 반영구 아티팩트가 어떻게 될지 기대하는 눈빛이었다.

스팟!!!

그리고 어느 정도 시간이 지났을까? 한순간 푸른빛을 뿜어내며 그동안 마나를 빨아들이던 마법진이 사라지자 은은한 푸른빛에 수많은 마법 언어가 새겨진 소음기만 허공에 둥둥 떠 있었다.

―성공이야!

레이나는 성공적으로 마법진이 소음기에 새겨진 것을 확인하고서는 아이린에게 내밀었다.

─이걸 장착하고 쏘면 총알에 마나가 코팅처럼 입혀질
거야.

"…마나가 코팅되는 아티팩트라구요?"

어떻게 보면 참 단순한 아티팩트였다.

힐링 마법처럼 사람의 상처를 치료하는 마법도 아니고,
실드처럼 투명한 막을 만들어서 생명을 잠깐이지만 지켜주
는 마법도 아닌, 오로지 총알이 소음기를 통과하는 순간 인
위적으로 마나를 총알에 코팅시켜 주는 것뿐이었으니 말이
다.

─그리고 자동 소총처럼 연사하지만 않는다면 반영구적
일 거야.

"헉!!!"

"말도 안 돼……!!"

아이린과 본은 동시에 놀란 토끼눈이 되어버렸다.

반영구적인 아티팩트라니, 들어본 적도 없었다.

다만 자동소총처럼 연사하지 않는다는 조건이 있지만 저
격용 라이플인 체이탁은 탄창 하나에 다섯 발밖에 들어가
지 않는 단발식이었다.

당연히 유일한 단점이자 조건이 소용없는 것이다.

─거기다 체이탁용 체이탁탄은 분열탄이지?

레이나도 나름 알아봤기에 잘 아는 듯 말하자 고개를 끄

덕이는 아이린이었다.

—좀비에 맞는 순간 수십 개로 쪼개지면서 산산히 조각 낼 수 있을 거야, 어차피 마나와 마기를 서로 충돌시켜 소멸시키는 용도일 뿐이니까 말야.

"…정말 이걸 받아도 되나요……?"

누구는 쓸데없는 아티팩트라고 하겠지만, 정작 아이린에게는 가장 소중하고 가장 필요한 아이티팩트를 만들어준 레이나를 향해 고마워서 고개를 숙이자,

—어차피 동료잖아. 함께 싸우려면 한 명이라도 힘이 있는 게 더 좋지.

"고마워요, 잘 쓸게요."

소중하게 받은 소음기, 아니 이제는 아티팩트가 된 소음기를 다시 가방에 넣은 아이린은 양쪽 볼이 살짝 붉어져 있었다.

드디어 자신도 뭔가 할 수 있다는 기대감에 조금 흥분한 것이다.

"그럼 본 경도 아이린의 곁에서 지켜야 한다는 것은 이의가 없겠죠?"

"그게… 저도 싸울 수 있는데……."

본은 마스터에 오른 자신의 힘을 시험하고 싶은지 끝까지 미련을 버리지 못하는 모습이었기에 진운은 강수를 쓰

기로 했다.

"좀비를 저격으로 처리하는 아이린의 뒤에 다른 적이 다가온다면 어떻겠어요?"

나직하지만 조금 긴장감이 생기게 무겁게 말하자,

"……!!!"

본도 순간 몸이 멈칫거리는 것을 보니 많이 놀란 듯했다.

"저격수는 특성상 기동력이 떨어지는 건 어쩔 수 없는 현실이에요. 그런데 더군다나 아이린은 이제 열여덟 살 여자애죠. 아무리 나름 저격수 훈련을 몇 달간 받았다고 해도 미흡한 것이 많을 겁니다. 그리고 좀비가 아닌 일루미나티의 다른 적이 자신을 저격하는 아이린을 알게 되면 그냥 둘리가 없겠죠? 안 그런가요?"

전술적으로 저격수는 정말 까다롭고 사람 미치게 하는 녀석들이었다.

더군다나 저격수를 잡는다는 저격용 라이플로 유명한 체이탁까지 사용하는 아이린이었다.

일루미나티 녀석들이 알게 되면 눈에 불을 켜고 아이린을 찾아서 죽이려고 달려들 건 너무나 뻔한 것이다.

"본 경."

진운이 말없는 본을 다시 부르자,

"네, 진운님."

"그대는 아이린의 기사라는 본분을 잊으면 후회할지도 모릅니다."

쐐기를 박듯 마지막 결정타를 날리자 본도 별수없이 아이린의 곁에 있기로 했다.

자신이 마스터에 오른 이유도 지금까지 그토록 죽을 고생한 이유도 바로 지금 바로 옆에 있는 아이린이라는 것을 잠시 잊었던 것이다.

마스터의 경지에 오른다는 것은 그만큼 고무적이긴 했지만, 그렇다고 본분을 잊으면 안 되는 법이기에 그걸 일부러 강조해서 본을 아이린 옆에 붙잡아 둔 진운이었다.

솔직히 베이스퍼 하나도 몰래 따돌리려면 귀찮은데 이제 막 마스터가 된 본까지 설치면서 따라붙으면 어쩌면 몰래 자신들만 이동한다는 계획에 차질이 생길지도 몰랐기에 아예 철저하게 막아버린 것이다.

그리고 사실 일반적이 저격총이 1킬로미터 내외에서 저격이 가능한 반면 체이탁은 최대 2천 미터에서 3천 미터까지 상황에 따라 저격이 가능한 괴물 같은 총이었다.

한마디로 적이 아이린을 발견해서 찾아오기란 실질적으로 불가능에 가까울 만큼 먼 거리에서 저격하기 때문에 안전한 편이긴 했다.

물론 그걸 본이 잘 몰랐으니 진운의 협박이 먹혀들었을

뿐이지만 말이다.

아무튼 이렇게 본과 아이린의 포지션이 정해지자 베이스퍼가 혹시 자신도 외각으로 빠질지 모른다는 생각에,

"난 자네들 옆을 맡도록 하지."

먼저 자신의 위치를 말하고는 슬쩍 모른 채 고개를 돌려버리자 진운은 웃으면서,

"어차피 베이스퍼는 저와 함께 공장 안으로 들어가는 역할입니다. 하지만 아시다시피 상대는 좀비입니다. 위험하다 싶으면 무조건 뒤로 빠져서 어느 정도 안전하게 움직이는 것이 최우선이란 것만 잊지 말아주시길 바랍니다."

진운이 노파심 같은 당부를 하자 베이스퍼도 고개를 끄덕이면서,

"그건 걱정 말게, 이래도 현장 경험이 그 어느 누구보다 많다고 자부할 수 있으니 말야. 최소한 내가 언제 치고 빠질지 정도는 알아서 하겠네."

무력 면에서는 진운이 베이스퍼를 앞지를지 모르지만 역시나 경험이 합쳐졌을 경우 베이스퍼도 무시하지 못할 전력이긴 했다.

"다들 명심할 것이 있어요."

포지션이 완료되자 진운이 당부하듯 입을 열었다.

"이곳이 적의 본거지인지 아닌지는 확실히 모릅니다."

말로는 이렇게 하지만 사실 이미 대충 본부로 생각되는 곳을 바벨의 탑에서 알아낸 진운은 일부러 표정 연기를 하면서 말하자 다들 진운의 표정에 덩달아 진중해졌다.

"혹시라도 이곳이 적의 본부가 아니라면 최대한 빠르게 치고 빠져야 합니다. 그래서 아이린의 역할이 중요하다고도 할 수 있어요."

진운이 아이린을 슬쩍 보면서 후방 지원이라는 비중이 적은 포지션이 아니라는 것을 강조하듯 말하자,

"네, 명심할게요."

아이린도 제법 기분이 풀린 듯 대답했다.

"혹시라도 빠져나가야 할 경우 아이린의 지원 사격을 통해 최대한 빠르고 민첩하게 빠져서 이곳 호텔이 아닌 다른 곳에 모여야 합니다."

"흠……."

진운의 말에 베이스퍼가 잠시 생각하는 듯하더니,

"그럼 빠질 때 최대한 흩어져서 움직인 다음에 모여야 한다는 말이군."

진운의 말을 정확하게 파악한 듯 물어보는 베이스퍼의 질문에 진운은 웃으면서,

"맞아요, 저희는 말 그대로 게릴라전을 펼치는 중이니 후퇴할 때는 흩어져서 분산했다가 약속 장소로 모이는 게 가

장 안전하다고 할 수 있어요. 그래서 아이린 곁에 본 경이 함께 있어야 한다는 것이죠."

"…아, 그래서……."

진운의 설명을 다 듣고서야 본은 깨달았다는 듯 크게 고개를 끄덕였다.

확실히 본거지든 아니든 후퇴할 때를 생각하지 않을 수가 없었다.

특히나 본의 경우 기사수업과 동시에 군인으로서의 교육도 같이 받았기에 공격할 때보다 후퇴할 때가 더 중요하다는 것을 알고 있었다.

이렇게 보면 정말 진운의 계획은 철저하리만큼 확실하게 일행을 속이고 있는 중이었다.

"후방 지원으로 저격해야 하는 아이린의 포지션의 특성상 가장 마지막까지 남아 있어야 하니, 본경이 수단과 방법을 가리지 않고 아이린을 데리고 안전하게 빠져나와야 한다는 거죠."

"알겠습니다. 진운님, 그리고 죄송합니다. 그런 것도 전 모르고… 고집 부려서……."

"아닙니다. 어차피 저를 리더로 생각해 주시기에 마음대로 포지션을 정했을 뿐이니까요."

본은 진운에게 사과하면서 자신이 괜한 욕심을 부렸다는

것을 크게 깨달은 듯했다.

베이스퍼 때문에라도 어설프게 계획을 짤 수는 없었으니 본 정도 속이는 것은 일도 아니었다.

아마 작전이 실행되고 나서 얼마 안 있어 베이스퍼라면 금방 알 수 있을 것이다.

지금 자신들이 가는 공장은 그저 좀비를 제조하는 곳일 뿐, 적의 본거지가 아니라는 것을 말이다.

하지만 그렇게 후퇴하고 약속 장소에 모였을 때는 이미 진운은 사라지고 없을 테니 작전이 실패할 가능성은 극히 적었다.

'희생은 가능한 적게… 그게 좋아.'

나직이 속으로 중얼거린 진운은 그길로 각자 개인적으로 준비할 것이 많을 테니 흩어졌다.

모두가 그렇게 각자의 방을 찾아 나간 뒤 아이린은 자신의 침대 밑에서 또 다른 커다란 가방 하나를 꺼내더니 열어 봤다.

"…우선 500발이면… 충분할까?"

체이탁을 보관하는 가방보다 훨씬 큰 가방을 열자 그 안에는 체이탁 전용탄인 체이탁탄이 한가득 들어 있었다.

그것도 모두 탄창에 총알이 꽉 차 있는 상태로 가지런히 가방을 채우고 있는 것을 본 아이린은 이대로 호텔로 다시 돌아가지 않는다는 진운의 말에 고민 중이었다.

모두 가지고 가기에는 무게나 부피가 상당했으니 말이다.

아는 사람은 알겠지만 일반 소총용 총알도 500발이면 무게가 상당했다.

그런데 그것보다 훨씬 무겁고 큰 체이탁 전용탄의 경우 여자인 아이린이 챙기기에는 아무래도 한계가 있을 수밖에 없었다.

"아가씨, 제가 들고 가겠습니다."

자신의 방에서 가볍게 옷을 갈아입고 나온 본이 탄창을 보고 고민하는 듯한 아이린의 곁에서 한마디 하자,

"그럼 수고 좀 끼칠게요."

사실 아이린은 가능하면 자신의 무기만큼은 자신이 어떻게든지 감당하고 싶은 욕심이 있다고 할 수 있는 편인데, 현실적으로는 그게 불가능하니 어쩔 수 없이 본의 말대로 따르기로 한 것이다.

자신은 배덕자를 처리하고 가문을 다시 되살려야 되는 책임이 있는데 언제까지 본의 곁에서 머무를 수만도 없었다.

자신의 곁에 있는 믿을 수 있는 기사에다, 이제 마스터에 올라 이대로 대륙으로 가도 아마 제국의 공작 정도는 우습

게 받을 만큼 실력이 대단한 기사였다.

하지만 그렇다고 계속 그에게 의지할 수만도 없다고 생각하고 있는 아이린이었다.

결국 자신이 약해서, 집안의 힘이 약해서 배덕자가 나타나 가문이 무너진 것이라는 생각이 강하다 보니 어떻게든지 자신만의 힘을 가지고 싶었던 욕심에 최대한 빠르게 배울 수 있고, 거기다 가장 효과적인 저격수를 선택한 것이다.

뭐, 다행히 저격수로서의 자질도 상당했기에 가능했지만 말이다.

반면 자신의 방으로 돌아온 베이스퍼는 그저 아공간에서 검 두 자루를 꺼내 부드러운 천으로 닦아주는 게 전부였다.

"벌써… 10년이 지났군. 이 검을 받은 지도 말야."

베이스퍼는 지금 자신이 사용하는 검이 본래는 대동그룹의 회장으로 있던 김현중이 사용하던 검이었다는 것에 나름 생각이 깊어지는 듯했다.

무엇보다 그동안 그렇게 찾아다녔던 일루미나티의 본거지일지도 모르는 곳을 쳐들어가야 하는 상황에 감정에 동요가 없을 수는 없었다.

"참… 무던히도 애먹었었지. 사용하는 데 말야……."

다른 사람들은 잘 모르지만 베이스퍼가 현재 쓰고 있는

이 두 자루의 검을 처음에 넘겨받았을 때는 전혀 사용할 줄을 몰랐었다.

아니, 검이 베이스퍼의 마음대로 움직여 주지 않는다고 해야 했을 만큼 고생을 했으니 말이다.

무려 3년이다.

지금 손에 들고 있는 붉은색의 검과 백색의 검을 능숙하게 합쳐서 사용하기까지 말이다.

그리고 그 덕분에 죽을 고비도 수십 번, 아니 수백 번은 넘겼을 것이다.

"이제… 곧 나의 전쟁이 끝나는구나."

백호연이나 알렉산드로와 달리 베이스퍼는 소속된 국가에서부터 쫓기는 입장이었는데 베이스퍼를 쫓도록 명령한 곳이 바로 일루미나티였다.

그리고 도망 다니는 것도 이제 질릴 대로 질려 버린 베이스퍼였다.

이번에 일루미나티 본부를 부숴 버린다면 당연히 자신을 향한 미국의 압력도 줄어들 것이 당연했다.

그럼 제자를 움직여서 얼마든지 미국의 손에서 벗어날 수 있을 정도의 힘은 가지고 있었기에 베이스퍼도 이번 싸움에 자신의 모든 것을 걸고 있었다.

자신의 손녀와 조용하고 평화로운 생활을 위해서 말이다.

어쩌면 평범하게 사는 것이 보통의 사람들에게는 별거
아닐지도 모르지만 베이스퍼에게는 자신의 모든 것을 걸고
서라도 이뤄야 하는 목표였다.

Chapter 06
시작

　자정을 넘어 새벽이 다가오는 시각 호텔의 창문을 통해 조용히 벗어나는 다섯 개의 그림자가 있었다.

　슉!!

　마치 바람과 같이 움직이면서 지붕을 타고 옆으로 빠져나간 그림자들은 순식간에 호텔 뒤쪽의 정원을 통해 어둠 속으로 사라져 버렸다.

　그리고 얼마나 지났을까? 호텔에서 사라졌던 다섯 그림자가 서서히 모습을 드러냈다.

　"저기야."

진운이 나직이 손가락을 가리키면서 말하자 모두의 시선이 향했다.

허름한 공장, 녹이 슬어 사람의 손이 닿지 않은 지 오래되어 보이지만 의외로 튼튼해 보이는 철문이 눈에 띄는 건물이었다.

조립식으로 만든 듯 외간은 그냥 평범해 보였지만 실상은 전혀 그렇지 않았다.

마을에서도 한참이나 떨어져 있었고, 특이하게 공장 바로 옆에 넓은 공터가 자리 잡고 있는데 공터에는 커다랗게 'H' 라는 영문 알파벳이 커다랗게 그려져 있었다.

"헬기 착륙장까지… 확실히 수상하군."

거의 버려진 것처럼 보이는 공장에 헬기 착륙장까지 있다는 것은 누가 봐도 이상했다.

하지만 인적이 거의 다니지 않는 곳이다 보니 사람들은 잘 몰랐을지도 몰랐다.

"그럼 여기서 흩어지자."

진운의 나직한 신호가 들리자,

"그럼 나중에 약속장소에서 봐요."

"진운님, 조심하십시오."

아이린과 본은 곧바로 일행에서 떨어져 옆으로 빠지더니 어둠 속으로 사라져 버렸다.

현재 이들이 있는 곳에서 공장까지 거리가 대충 2킬로미터 정도이니 아이린이 가진 체이탁의 성능이라면 가장 최적의 저격 거리였다.

거기다 좌수검으로 마스터에 오른 본까지 함께 있으니 다른 걱정은 하지 않았는지 바로 앞으로 진운이 움직이자 레이나와 베이스퍼도 같이 움직였다.

찌이잉~!

역시나 바벨의 탑에서 얻은 정보대로 공장에 가까이 가자 진운의 손에 끼워진 게티아가 신호를 보내기 시작했다.

그리고 기다렸다는 듯 공장 안에서 서서히 걸어 나오는 그림자가 보였다.

"좀비들이 먼저 움직였군."

그저 공장 입구 쪽에 왔을 뿐인데 놀랍게도 좀비들이 먼저 공장 안에서 튀어나오기 시작했다.

마치 기다렸다는 듯 말이다.

"우리가 올 걸 알고 있었나?"

진운이 너무 빠른 반응에 고개를 갸웃거리자,

─설마… 우리도 조금 전에 계획을 하고 움직였는데… 그리고 우리가 움직인다는 정보가 새어 나갈 일이 없잖아.

레이나도 좀비가 예상보다 빠르게 모습을 보인 것에 약간 의아해했지만 진운처럼 크게 걱정하진 않는 듯했다.

　반면 베이스퍼는 좀비들이 모습을 드러내자 입가에 미소를 지으면서,

　덥석!

　허공에 손을 뻗어 아공간에서 자신의 검을 꺼내더니 겹치자,

　휘리리릭!!!

　이제는 자주 봐서 익숙한, 두 자루의 검이 살아 있는 듯 서로 휘감더니 길이가 길어지고 검 면이 넓어지면서 대검으로 변해 버렸다.

　"이 정도면 한꺼번에 몇 마리씩 처리가 가능하지."

　본래 빠른 검을 위주로 해서 속검이 특기인 베이스퍼였지만 상대가 살아 있는 인간도 아니고 죽은 채 되살아난 좀비였기에 자신의 특기보다는 힘으로 밀어붙이기로 한 것이다.

　그리고 그럼 베이스퍼를 보던 진운도 허공에 손을 뻗어 칼라드볼그를 꺼냈다.

　예전의 대검이 아닌 이제는 얇으면서도 긴 장검의 모양으로 변한 것을 말이다.

　"자네 검… 변했구만."

　베이스퍼는 처음 봤기에 진운의 검을 호기심 어린 눈으로 보자,

"뭐, 봉인을 풀었더니 이렇게 변하네요."

대수롭지 않게 말하는 진운이었다.

하지만 베이스퍼는 봉인이 풀렸다는 말에 눈빛을 반짝이더니,

"역시 신검이었군그래. 어쩐지 그런 느낌이 들더라니."

사실 칼라드볼그라는 이름에서 베이스퍼가 호기심을 느껴서 잠시 찾아본 적이 있었다.

그러자 켈트 신화에서 똑같은 이름을 가진 검을 찾을 수가 있었던 것이다.

요정들이 만들었다고 전해지는 전설의 검으로 엑스칼리버나 지크프리트의 그람과 마찬가지로 초자연적인 힘이 서려 있는, 신이 만든 검으로 알려져 있었다.

물론 신화에나 나오는 검이기에 베이스퍼도 그냥 이름만 비슷한 검이려니 생각했었다.

하지만 봉인이 풀리면서 검의 손잡이는 똑같은데 대검에서 얇은 장검으로 변한 것은 누가 봐도 보통 검이 아니라고 생각될 수밖에 없었다.

하지만 그런 베이스퍼의 생각에 진운은 웃으면서,

"그냥 마신 때려잡는 검일 뿐이에요."

딱히 칼라드볼그에 크게 의미를 두고 있지 않는 듯했다.

"그럼 가볼까."

처음에 몰래 담을 넘어서 어느 정도 주위를 살피고 난 뒤에 날뛸 생각이었지만 이제는 그럴 필요가 없어졌기에 바로 녹이 슬었지만 제법 두꺼운 철문 앞에 다가선 진운이 마나를 활성화시키고는,

쫘악~

손에 쥐고 있던 칼라드볼그의 손잡이에 힘을 넣어 높이 치켜들었다.

그리고 사선으로 가볍게 내리그었다.

철컹.

쿵쿵쿵.

웬만한 차가 와서 들이박아도 꿈쩍도 하지 않을 것 같은 철문이었지만, 진운이 그저 한 번 내리그었을 뿐인 칼질 한 번에 깨끗하게 잘려진 채 허무하게 쓰러져 버렸다.

"깔끔하군그래."

뒤에서 진운의 모습을 보던 베이스퍼도 확실히 대검을 들 때보다 지금 봉인이 풀려 모습이 장검으로 변한 것이 더 진운에게 잘 맞는 것 같은 느낌을 받았는지 작게 칭찬하자,

씨익~

그저 한 번 웃어주는 진운이었다.

"들어갈까?"

생각보다 좀비의 숫자가 많았다.

잠시 머뭇거리는 사이에 공장 밖의 공터를 좀비들이 가득 매웠을 정도니 말이다.

마치 좀비 영화에서 먹이를 찾아 모여든 좀비 떼와 같이 잘려서 열려 버린 철문 사이로 모습을 드러낸 진운과 레이나 그리고 베이스퍼를 보자 집중적으로 몰려들기 시작했다.

그때,

피융~!!

"……?"

무언가 진운의 기감에 빠르게 다가오는 것이 느껴지는 순간,

퍼억!!!

후드드득.

순식간에 좀비의 가슴에 구멍이 뚫리는 것과 동시에 좀비의 손발이 누군가 잡아서 찢어 버리듯 사방으로 흩어져 버렸다.

"굉장한데……?"

진운은 방금 그 공격이 아이린이 쏜 체이탁의 총알이었다는 것을 좀비가 총에 맞는 순간 찢어지는 것을 보고 알았다. 하지만, 설마 분열탄이라는 것이 이 정도로 위력적일 줄은 생각도 못 했는 듯 놀라는 표정이었다.

“굉장한 솜씨군…….”

베이스퍼도 그저 여리게 봤던 아이린의 사격 솜씨에 많이 놀란 듯했다.

아무리 바람이 잔잔하고 주변에 방해되는 것이 없다고 하지만 상당한 거리에서 정확하게 좀비의 심장 부분을 맞춘다는 것은 상당한 재능과 실력이 아니고서는 불가능했으니 말이다.

진운도 자신들을 노린 것이 아니기에 즉각 반응하지 않았을 뿐이지만 반응했더라도 과연 어땠을까? 하는 생각이 들 정도였으니 말이다.

─과학이 대단하네, 확실히.

총알이 목표에 맞는 순간 부서져서 수류탄처럼 목표를 뚫고 가는 게 아니라 찢어버리는 것이 바로 분열탄이었다.

특히나 체이탁용으로 나온 체이탁탄은 분열탄이면서도 총알 자체가 워낙 커서 웬만한 수류탄과 맞먹는 파괴력을 가지고 있었다.

생각해 보라, 몸속에 들어온 총알이 수류탄처럼 몸속에서 수십 개의 조각으로 터지는 것을 말이다.

좀비의 몸이 수십 개의 조각으로 찢어지는 것은 어쩌면 당연했다.

빗맞아도 살상력이 상당히 높은 탄이 바로 분열탄인 것

이다.

다만, 상당히 비싸다는 게 문제이긴 했다.

레이나가 체이탁을 구하는 데도 제법 많은 돈이 들었지만 체이탁용으로 나온 분열탄을 구하는 데 오히려 더 많이 돈이 들었다.

자신이 가지고 있던 보석과 액세서리를 모조리 백호연을 통해 팔아 제법 많은 돈을 만들었지만 체이탁 한정과 분열탄 500발을 구하고 나서 그녀의 손에는 동전 몇 푼만 남았다는 것을 보면 얼마나 비싼지 굳이 설명할 필요는 없을 것이다.

백호연도 분열탄의 살상력과 위험성 때문에 조금 꺼려지긴 했지만 적이 일루미나티라는 것 때문에 기꺼이 자신의 입김을 군부대에 뿌려서 최대한 빠르게 구해줬었다.

─시작을 아이린이 먼저 했네요.

레이나는 아이린의 공격을 시작으로 바로 왼쪽으로 빠르게 뛰어들어 가자 베이스퍼도 뒤처지지 않겠다는 듯 빠르게 오른쪽으로 뛰어들었다.

"그럼 센터는 난가?"

먼저 알아서 양쪽으로 흩어져 버렸으니 별수없이 진운은 가장 많은 좀비가 있는 중앙으로 뛰어들었다.

보기에는 수백 마리의 좀비와 겨우 세 명의 싸움처럼 보일 것이다.

하지만 현실은 완전 반대의 상황이 벌어지고 있었다.

스거거걱!!

후두둑.

베이스퍼의 커다란 대검이 한 번 휘둘러질 때마다 머리부터 허리까지 한 번에 잘려 버린 좀비 서너 마리가 힘없이 쓰려지기 시작했다.

그뿐인가.

마나를 가득 넣은 베이스퍼의 오러블레이드에 좀비가 가지고 있는 허접한 마기는 순식간에 소멸되면서 본래 죽은 시체로 돌아가 버린 것이다.

반면 레이나는 어느새 활을 꺼내 들고는 빈 활시위를 당기자,

휘리릭!!!

주변의 공기가 레이나의 손에 모여들더니 순식간에 화살 모양으로 변해 버렸고,

팅~

가볍게 활시위를 놓아버리자,

쇄에에에에엑!!!

마치 공기를 찢는 듯 날아간 바람의 화살이 좀비의 가슴을 뚫어버렸다.

마치 총알이 뚫고 지나간 것처럼, 처음 맞은 곳은 주먹만한 크기의 구멍이었지만 바람의 화살이 뚫고 나간 뒤쪽은 사람 머리통만 한 크기의 구멍이 뚫려 있었다.

공기가 회전하면서 화살 모양을 만드는 바람의 화살의 특성상 마치 총알이 총구를 지날 때 강선을 따라 회전력이 걸려서 위력이 강해지는 것과 같은 이치다.

그리고 흔적도 거의 비슷했다.

다만 총알과 다르게 바람의 화살은 직선상에 있는 좀비 여러 마리를 다 뚫고 나서야 사라졌을 뿐이지만 말이다.

털썩. 털썩.

자연의 마나를 가득 머금은 바람의 화살이 뚫어버리자 마기가 소멸한 좀비는 본래의 시체로 돌아가 버렸다.

일당백, 아니 일당천이라고 해도 문제없을 무력인 것이다.

오히려 당하는 좀비들이 불쌍해 보이기까지 했다.

한편 그런 그들과 달리 진운은 막상 뛰어들긴 했지만 칼라드볼그를 쓰기보다 게티아를 끼고 있는 손에 주먹을 쥐고 그저 후려치기만 했다.

퍽!!

털썩.

가볍게 잽을 날리듯 때리기만 할 뿐이었다.

하지만 진운의 주먹이 좀비에게 맞는 순간 게티아가 마기를 흡수해 버리니 좀비로서는 속수무책이었다.

현재 효율 면에서 보면 진운이 최강인 것이다.

마치 권투를 하듯 가볍게 풋워크를 밟으면서 흐느적흐느적거리면서 다가오는 좀비의 품으로 파고들어,

퍽!!

털썩.

강하게 칠 필요도 없이 그저 주먹이 좀비의 어디든 닿기만 하면 되니 말이다.

상황이 이렇다 보니 가장 늦게 좀비 떼에 뛰어든 진운이었지만 가장 먼저 공장 건물의 입구까지 도달해 있었다.

—진운! 너무 빨라!!

레이나는 바람의 화살을 네 개를 동시에 만들어 쏘면서 자신들의 계획과 달리 너무 앞서가는 진운에게 소리쳤다.

그런데 거의 공장 건물 입구에 들어선 진운이 주변의 좀비를 모두 쓰러뜨린 뒤 슬쩍 레이나를 쳐다보면서,

씨익~

입가에 미소를 짓는 게 아닌가?

—…설마……!!

뭔가 의미가 있는 듯한 미소였다.

그리고 그런 진운의 미소를 보는 순간 레이나의 뇌리에

스치는 느낌이 있었다.

─진운!! 설마 혼자 가려는 거야!!!

전혀 예상치도 못했던 진운의 행동에 당황한 레이나가 빠르게 뛰어올라 진운의 곁으로 가려고 했지만 그녀가 뛰어올랐을 때는 이미 공장 건물 안으로 진운이 들어가 버린 뒤였다.

─진운, 안 돼!!!

레이나는 설마 자신까지 속였을 줄은 생각도 못했기에 다급하게 공장 건물 안으로 들어섰지만 이미 진운은 사라진 뒤였다.

─안 돼, 혼자서는 위험해.

진운이 혼자 가버렸다는 것을 알게 된 레이나는 다급해졌다.

아니, 처음부터 진운은 레이나도 떼어놓고 갈 작정이었다는 것을 뒤늦게 알게 되자 당황스러우면서도 당장 이곳을 벗어나야 한다는 생각만 머릿속에 가득했다.

그런데 그때,

쾅!!!

레이나가 발길을 돌려 공장 건물 밖으로 나가려는 순간 커다란 굉음과 함께 벽이 부서지면서 모습을 드러낸 것이 있었다.

—…….

 마치 레이나의 발길을 잡겠다는 듯 벽을 뚫고 나타난 것
은 덩치만 3미터에 이르는 커다란 녹색의 좀비였다.

 온몸을 박음질한 듯 봉합 자국이 빼곡하게 많이 있었지
만 밖에 있는 좀비와는 완전히 다른 움직임으로 빠르게 레
이나의 곁으로 다가오더니 순식간에 커다란 주먹을 들어
내리찍어 버리는 게 아닌가.

 쾅!!!

 레이나가 빠르게 피하긴 했지만 콘크리트 바닥을 뚫고
박혀 버린 주먹을 보면 레이나도 간담이 서늘해질 수밖에
없었다.

 "저건 도대체 뭐야!!"

 가장 늦게 좀비를 처리하고 공장건물 안으로 들어온 베
이스퍼도 레이나를 공격했던 커다란 거인 좀비를 보고는
잠시 할 말을 잊은 듯했다.

 —베이스퍼 씨 !!

 레이나는 베이스퍼를 보자 가볍게 하늘을 날듯 뛰어올라
옆으로 가서는,

 —지금 당장 이곳을 빠져나가야 해요

 "응? 그게 무슨 말인가?"

 베이스퍼는 저 정도 괴물이 있다면 이곳이 일루미나티의

본부일 가능성이 높다고 판단했는지 싸울 준비를 했는데 레이나가 돌연 빠져나가야 한다는 말을 이상하다는 듯 쳐다보자,

─진운이 혼자 가버렸어요

"응? 진운 군이… 혼자 가다니……?"

베이스퍼는 레이나의 말을 듣고서야 진운이 보이지 않는다는 것을 알아챘다.

가장 먼저 공장 안으로 들어갔던 진운이었다.

그런데 막상 공장 안으로 들어와 보니 진운이 없었다.

그리고 레이나는 당황한 듯 무조건 빠져나가야 한다고 다그치고 있는 것이다.

크아아앙!!!

레이나의 마음이야 어쩌거나 상관없이 거인 좀비는 자신의 공격이 빗나가자 화가 난 듯 크게 소리치더니 고개를 돌려 베이스퍼와 레이나를 똑바로 쳐다보고는 잠시 몸을 웅크리는 듯 숙이기 시작했다.

─자세한 것은 나중에 이야기할게요. 우선 무조건 빠져나가야 해요!!

싸우는 도중에 설명할 수 있을 만큼 짧은 이야기가 아니다 보니 레이나가 재촉하기 시작했고, 베이스퍼는 순간 갈등했다.

레이나 말대로 빠져나가야 할지, 아니면 저 거인 좀비와 싸워야 할지 말이다.

하지만 아무래도 레이나에 대한 신뢰가 두텁다 보니 결정은 금방 이뤄졌다.

"알겠네, 그럼 우선 빠져나가고 난 다음에 이야기 듣도록 하지."

레이나가 저렇게 당황하면서 무조건 서두를 때는 분명히 이유가 있다는 생각에 베이스퍼는 미련없이 몸을 돌려 공장을 벗어나려는 순간,

쾅!!!

또다시 커다란 굉음이 울리더니 마치 기다렸다는 듯 레이나와 베이스퍼가 빠져나갈 공장 입구 쪽 지하에서 또 다른 거인 좀비가 모습을 드러냈다.

─젠장.

상황이 이렇게까지 변하자 레이나의 입에서도 욕지거리가 튀어나올 수밖에 없었다.

"레이나 양, 어쩔 수 없군요."

베이스퍼도 입구를 막고 있는 두 번째 거인 좀비를 보자 어떤 이유인지는 모르지만 적이 순순히 자신들을 보내줄 생각이 없다는 것을 느꼈는지 돌연 다시 공장 안쪽으로 방향을 틀면서,

"내가 안쪽의 녀석을 맡지. 레이나 양은 입구 쪽 녀석을
맡아주게!"

그 말을 끝으로 튕기듯 빠르게 몸을 웅크리고 있던 좀비
에게 뛰어들었다.

—이럼 안 되는데… 이럼 안 되는데…….

레이나는 베이스퍼의 말을 따르기 싫었지만, 상황이 어
쩔 수 없었다.

일반적인 좀비와 달리 거인 좀비는 크기에 비해 마치 한
마리 야생에서 살아가는 맹수와 같이 민첩하고 빠르게 움
직였기에 거인 좀비를 뒤로 두고 이곳을 빠져나간다는 것
은 너무나 위험했다.

혼자 사라져 버린 진운 때문에 걱정이 한가득인 레이나
였지만 어쩔 수 없이 처음 계획과 달리 레이나 본인도 좀비
들에게 발목이 잡혀 버린 것이다.

—진운, 처음부터 이럴 생각이었니…….

믿었던 진운에게 뒤통수를 맞았다는 것보다 지금 레이나
의 머릿속을 가득 채우고 있는 것은 진운에 대한 걱정이었
다.

아무리 강하다고 해도, 레이나가 보기에는 자신의 눈앞
에 없으면 걱정될 수밖에 없었다.

하지만 이렇게 정신이 분산되다 보니 본래 날렵한 움직

임으로 빠른 기동력이 특징인 레이나의 특기가 제대로 위력을 발휘하지 못하는지 움직일 때마다 번번이 거인 좀비의 주먹에 막혀 버렸다.

 이대로 레이나가 거인 좀비를 무시하고 빠져나가기에는 뒤에 남은 베이스퍼 때문에라도 그러지 못하다 보니 조급한 마음과 달리 시간은 점점 흘러가고 있을 뿐이었다.

Chapter 07
진짜
적

“쩝, 레이나에게 미안하네.”

좀비 공장에서 혈투를 벌이고 있을 레이나와 베이스퍼에게 조금 미안한 감정이 든 진운이었다.

그래도 애초에 자신 혼자 갈 생각을 레이나에게 말하지 않은 것도 미안하긴 했다.

특히나 약속에 대해서 중요하게 생각하는 엘프의 특성을 진운도 알고 있기에 자신이 살아서 레이나 곁으로 돌아간다고 해도 아마 레이나에게 맞아 죽을지도 모른다는 걱정이 살짝 들었으니 말이다.

하지만 진운으로서도 어쩔 수 없는 선택이었다.

바벨의 탑에서 봐버렸으니 말이다.

다른 일행과 같이 레이나도 희미하게 붉은색으로 사망 연도가 표시된 것을 말이다.

즉 바벨의 탑이 진운에게 경고를 보내고 있었다.

자신과 같이 움직이면 모두 경고대로 죽는다는 신호를 말이다.

자신이야 바벨의 탑의 주인이기 빠질 수 없는 상황이지만 다른 사람은 자신과 함께 와봐야 개죽음밖에 더하겠는가? 아이린과 본은 해야 할 일이 있으니 당연히 제외였다.

베이스퍼도 이곳에 와서 그나마 마음이 통하는 사람이었지만 손녀가 기다리고 있으니 당연히 제외였다.

그리고 레이나도 마찬가지였다.

사랑하는 사람을 죽을 가능성이 높은 곳에 데리고 올리는 없으니 말이다.

진운은 어머니의 죽음을 아는 순간 본능적으로 느끼고 있었다.

이 싸움은 자신의 싸움이라고 말이다.

마치 누군가의 장난처럼 운명적으로 일루미나티와 싸우게 된 진운은 이 싸움에 다른 사람은 쓸데없는 희생이라고 생각한 것이다.

"나 혼자면 돼……."

결과적으로 시리의 말을 어기게 된 것이지만 선택은 스스로의 몫이었다.

거기다 진운이 지금 있는 곳은 본래 계획대로 레이나와 진운이 공간 이동으로 오려고 했던 박물관도 아니었다.

오직 진운만 알고 있는 그저 넓은 항구에 불과한 곳이었다.

"여기가 맞나……?"

애초에 레이나도 속일 생각으로 박물관을 지정했으니 말이다.

바벨의 탑에서 표시되는 모든 언어는 진운만 읽을 수 있기에 가능한 속임수이기도 했다.

그리고 공간 이동 좌표도 이미 바벨의 탑을 통해서 알고 있었기에 지체없이 공장 안으로 들어오자마자 진운은 이곳으로 이동해 버린 것이다.

"그나저나… 참 고요하네."

어둠이 내려앉은 새벽이었지만 지금 진운의 눈에는 옛날에는 사용했을 법한 낡은 부둣가의 모습이 선명하게 보이고 있었다.

사실 진운도 바벨의 탑의 모든 정보를 종합해 본 결과 이곳이 98%라는 엄청난 확률이기에 왔을 뿐 뭐가 있을지는 전혀 모르고 있었다.

그런데 막상 와보니 버려진 지 족히 수십 년은 넘어 보이는 부둣가라는 것에 조금 황당해하고 있었다.

"기다려야 되나……."

분명히 자신의 예상이 맞다면 녀석이 모습을 드러낼 것이다.

아니, 바벨의 탑에서 종합한 확률보다 지금 진운의 본능이 그렇게 말하고 있었다.

그리고 대략 몇 분이 지났을까?

뚜벅뚜벅뚜벅.

버려진 부둣가에서는 좀처럼 듣기 힘든 하이힐을 신고 걸으면 들릴 듯한 맑은 소리가 진운의 귓가에 들리기 시작했다.

"…시작인가……."

진운은 빌헬름스하펜에서도 거의 끝자락이고 주변 10킬로미터 근방은 사람이 전혀 살지 않는 곳이기에 지금 들리는 소리는 자신이 기다려온 녀석이라는 것을 알고 몸 안의 마나를 활성화시키기 시작했다.

화르르륵!!

빠르게 극한까지 마나를 활성화시켜서인지 진운의 머리카락이 바람도 없지만 살짝 흔들리고 있었다.

그리고 점점 가까워지는 하이힐 소리에 드디어 진운의 시야에 누군가 모습을 드러냈는데, 정작 나타난 녀석을 보고 진운은 조금 당황했다.

"여… 자? 그것도 젊은… 여자……?"

아담 샤우바우트를 생각했던 진운은 뜻밖에도 이십대 초반의 젊은 여자가 몸매가 모두 드러난 스키니 레깅스에 간단한 셔츠를 입고 나타난 것에 많이 놀라고 있었다.

더군다나 나타난 여자의 미모가 레이나와 비교해서 절대로 밀리지 않는 외모를 가지고 있었으니 말이다.

싱긋~

거기다 자신을 보자 입가에 상큼하게 미소까지 짓는 모습에 진운은 지금 나타난 여자가 적인지 아닌지 순간 헷갈리기 시작한 것이다.

"……."

머릿속이 복잡하자 여자가 웃으면서 쳐다봐도 진운은 오히려 미간을 찡그리면서 노려보듯 쳐다볼 수밖에 없었다.

"그렇게 무섭게 보지 말아요."

마치 옥구슬이 굴러가듯 맑으면서도 귓가에 파고드는 여자의 목소리였다.

그런데 이상하게 진운은 그 목소리가 친근하게 느껴지는 것이다.

물론 본인은 그 이유를 전혀 모르고 있었다.

"나를 알고 있나?"

나직이 친근하게 물어오는 여자에게 경계하는 듯 물어보자,

"알고 있어요. 아니 오래전부터 기다려 왔다고 해야 더 정확하겠죠?"

"……."

전혀 위험할 것 같지 않은 여자의 모습과 행동, 그리고 자신을 잘 알고 있는 듯한 친근한 말투에 진운은 머릿속은 복잡했지만, 이상하게 본능이 위험하다고 계속 신호를 보내오고 있기에 경계를 늦출 수가 없었다.

"넌 누구지? 누군데 나를 기다려 왔다고 하는 거지?"

딱딱한 말투로 진운이 물어보자 여자는 다시 입가에 상큼한 미소를 보이면서 천천히 걸어서 진운에게 다가왔다.

"헛!"

느리게 걸었을 뿐이었다.

진운에게 다가온 여자의 걸음걸이는 말이다.

하지만 스스로도 느끼지 못하는 사이에 손을 뻗으면 닿을 만큼 아주 가까운 곳까지 다가오고서야 진운은 여자의 존재를 느낄 수가 있었다.

상황이 이러니 당연히 놀랄 수밖에 없었다.

몸이 마나에 적응을 하고 몇 번의 각성을 하면서 진운의 감각은 거의 초고성능 레이더에 근접할 만큼 민감하게 반응했다.

진운이 의식하지 않아도 본능적으로 몸을 보호하기 위해서 감각이 민감해진 것이다.

그런데 방금 전 여자의 움직임은 전혀 느낄 수가 없었다.

움직였다는 것은 알았다.

하지만 자신의 바로 눈앞에 나타날 때까지 진운은 여자의 존재를 완전히 놓쳐 버린 것이다.

"그렇게 경계하지 말아요."

느닷없이 나타나 놓고는 경계하지 말라는 여자의 말이 곱게 들릴 리 없는 진운은 날카롭게 눈을 뜨면서,

"너도 탑의 주인인가?"

이 정도 능력이라면 마신 따위는 상대가 되지 않을지도 모른다는 생각에 추측하던 것을 물어보자,

"네, 저도 당신과 같은 탑의 주인이에요."

순순히 자신의 정체를 말하는 여자였다.

그리고 왼손을 슬쩍 들어 올려 손등을 진운에게 보여주면서,

"당신과 같은 게티아의 주인이기도 하구요."

"……!!"

탑이 두 개였으니 당연히 탑의 주인일지도 모른다는 생각은 했었다.

하지만 설마 마신을 봉인하는 게티아까지 두 개가 있을 줄은 생각지 못했는지 진운은 당황해서 자신의 게티아를 한 번 보고 여자의 게티아를 쳐다보았다.

'같아……!'

게티아를 사용하는 진운이었기에 느낄 수 있는 느낌이었다.

다만 진운의 게티아는 겨우 한 개의 구멍이 메꿔져 있을 뿐이지만 여자의 게티아는 거의 모든 구멍이 메꿔져 있었다.

게티아의 구멍 하나당 마신 하나를 봉인할 수 있다는 것을 알고 있는 진운은 그동안 왜 마신을 찾는 게 그리 힘들었는지 금방 이해가 되었다.

"당신이 마신을 봉인했었군……."

나직이 진운이 물어보자 여자는 싱긋~ 웃으면서,

"수백 년을 살아오면서 마신을 봉인하는 것도 나름 심심풀이로는 괜찮았거든요."

"……."

마신을 봉인하는 것이 마치 취미인 것처럼 말하는 여자의 모습에 진운은 소리 없는 신음을 내뱉을 수밖에 없었다.

다른 건 모르지만 이것 하나만은 확실했다.

지금 진운 자신 앞에 있는 여자는 보이는 외형과 달리 자신보다 강하다는 것을 말이다.

얼마나 강한지 사실 진운으로서는 짐작조차 할 수 없으니 말이다.

고수는 하수를 알아볼 수 있었다.

왜냐하면 이미 자신이 지나온 길을 하수가 걷고 있으니 말이다.

하지만 하수는 고수를 알아보기 힘들었다.

자신이 걷지 않은 길을 먼저 걷고 있는 고수였으니 알아보는 것이 불가능하다.

지금 상태가 딱 그러했다.

진운은 여자의 무력을 전혀 느낄 수 없었다.

의도적으로 여자가 감췄는지 아니면 자신이 알 수 없는지 모르지만 방금 전 자신의 감각이 완전히 놓쳤던 것을 생각하면 자기보다 고수인 것은 확실했다.

더군다나 수백 년 동안 살아오면서 심심풀이로 마신을 봉인했던 여자였다.

결코 약할 리가 없었다.

"진운 씨가 보기에 여기 예쁘지 않나요?"

갑자기 진운을 눈앞에 두고 등을 돌린 여자는 엉뚱한 소리를 시작했는데 오히려 진운은 그게 더 화가 났다.

손만 뻗으면 닿을 거리에 있지만 완전 무방비로 등을 보여준다는 것은 어찌 보면 바보처럼 보일수도 있지만, 반대로 생각하면 그만큼 자신있다는 말도 되니 말이다.

“……”

당연히 적이라고 생각되는 여자의 말에 대답할 생각이 없는 진운이 입을 다물자 슬쩍 고개를 돌려 진운을 본 여자는,

“아직도 저를 경계하고 있군요?”

마치 왜 자신을 그렇게 무섭게 보고 있냐는 듯 천진한 표정으로 쳐다보는 것이다.

그제야 진운이 조용히 입을 열고는,

“적과 대화를 나눌 만큼 한가하지 않아서 말야.”

수백 년을 살아왔든 말든, 현재 진운과 여자는 적이었으니 서슴없이 반말을 했지만 여자는 오히려 진운이 말을 했다는 게 즐거운 듯한 표정이었다.

“목소리 좋네요. 내가 생각했던 것보다 더욱 말이죠.”

너무나 잘 알고 있는 듯한 말투가 계속 신경이 쓰인 진운은 오히려 여자에게 한 걸음 다가서면서,

“그쪽이 날 알고 있는 것 같지만 난 당신이 누군지 모르는데?”

오히려 더욱 다가가는 쪽으로 행동한 진운의 모습에 여자는 만족한 듯 환하게 웃으면서,

"전 이브예요, 그냥 이브라고 부르면 돼요."

"이브……?"

이름만 들으면 좀 이상한 이름이긴 했다.

그런데 이브가 손가락을 들어 진운을 가리키면서,

"당신은 이제 진운이라는 이름보다 아담이라는 이름을 써야겠지만요."

"……??"

갑자기 무슨 말을 하는지 이해가 되지 않은 진운이 나직하게 이브를 바라보자,

"몰라요? 아담과 이브."

"아담과… 이브라면……."

아마 초코파이 받으러 교회를 잠깐 다녔던 사람도 다 알고 있을 것이다.

거기다 기독교가 나름 많이 퍼진 한국에서 살아온 진운은 태초의 인간의 시작인 아담과 이브가 바로 떠올랐다.

그런데 이브는 그런 진운의 생각을 읽기라도 한 듯,

"맞아요. 바로 그 아담과 이브예요."

"……!!!"

순간적으로 자신의 생각이 읽혔다는 것을 느낀 진운이

황급히 뒤로 물러나자,

"이런, 미안해요, 나도 모르게 읽어버렸네요."

"……."

천진하게 웃으면서 사과하는 이브의 모습에 황당한 표정을 지은 진운이었다.

"진운 씨, 나의 아담이 되어주었으면 하는데 어때요?"

갑자기 무슨 사랑 고백하듯 자신의 아담이 되어달라고 말하는 이브의 말이 도무지 이해가 되지 않는 진운은,

"내가 왜 당신의 아담이 되어야 하지?"

날카롭게 말하자 이브는 오히려 당연한 것을 왜 물어보냐는 듯,

"당신은 그렇게 태어났으니까요."

"그게 무슨 소리야?"

도무지 영문 모를 소리를 계속하는 이브의 말에 진운은 오히려 경계심이 더욱 강해졌다.

혹시 이브는 자신을 속이기 위한 미끼일지도 모른다는 생각이 든 것이다.

바벨의 탑에서 들은 적은 분명히 남자였다.

아담 바우샤우트도 남자였고 아인리힘 히틀러도 남자였다.

그런데 막상 나타난 건 여자였으니 계속 진운은 감각을

최대한 넓혀서 주변을 살펴보고 있는 것이다.

그런데 그런 진운의 모습에 이브는 한숨을 쉬면서,

"사실 이렇게 만나게 되는 게 아니었는데… 뜻하지 않게 다른 여자가 끼어들어서 이렇게 됐네요…….."

뭔가 안타까운 듯 표정을 지어 보이면서 말하는 이브의 모습에 진운은 정말 감정 표현이 이 정도로 얼굴에 정확하게 드러나는 사람은 처음 보았다.

뭔 표정을 지을 때마다 확실하게 이런 기분일 것이다, 저런 기분일 것이다 하는 점이 보일 듯 느껴지니 말이다.

"하지만 괜찮아요 곧 정리가 될 테니까요."

"그게 무슨 말이지? 정리가 된다니……?"

뭔가 불길한 느낌이 드는 말을 하는 이브의 말투에 진운이 물어보자,

"레이나였죠, 아마?"

"……!!"

갑자기 이브의 입에서 레이나의 이름이 나오자 진운의 표정이 굳어졌다.

"원래 내 계획과 달리 끼어든 불청객을 정리하려는 거예요."

"…젠장!!"

순간적으로 진운은 지금 이브가 말한 게 무슨 뜻인지 바

로 알아차렸다.

이브는 레이나를 죽이려고 하고 있는 것이다.

그리고 이브는 이미 진운이 혼자 올 것이라는 것도 알고 있었다.

"지금 가려구요?"

진운이 황급히 몸을 돌리려 하자 이브가 웃으면서 진운의 코앞까지 다가오더니,

"이렇게 가까이 있으면 공간 이동할 때 나도 같이 가는 거 아시죠? 후후훗."

정확하게 진운이 공간 이동을 하려는 타이밍에 파고들어 공간 이동이 실패하도록 만들어 버린 이브의 모습에 애초에 자신들의 생각과 달리 기습하려고 했던 게 자신들이 아니라 오히려 이브였다는 것을 뒤늦게 깨달았다.

저벅.

그리고 진운의 공간 이동이 실패하자 다시 한 걸음 뒤로 물러서면서 싱긋 웃은 이브는,

"진운, 당신은 나의 아담이 될 운명을 타고났어요, 그러니 그냥 받아들이는 게 어때요?"

계속해서 진운을 보면서 아담이라고 강조하는 이브는 확실히 진운에게 적대감이나 살기를 드러내진 않고 있었다.

물론 어떻게 바뀔지는 아직까지 아무도 모르지만 말이다.

현재는 당장 레이나가 걱정이 되지만 움직일 수가 없는
입장이었다.

"내가 왜 아담이 되어야 한다는 거지?"

진운은 슬쩍 말을 걸어 이브의 주의가 흐트러지기를 노
려볼 요량으로 입을 열자,

"그렇게 눈치 보지 마세요, 제 앞에서 그 누구도 거짓말
을 하지 못하니까요."

"쳇……!"

진운의 생각을 읽었는지 이브는 웃는 얼굴로 진운을 보
면서,

"운명이란 걸 믿나요?"

"몰라, 난 그런 거……."

도무지 틈이 없는 상황에 결국 화가 난 진운이 퉁명스럽
게 말하자 이브는 그런 것에 아랑곳없는지,

"수백 년을 살아오면서 참 많은 것을 봤어요, 전쟁도 보
고 싸움도 보고, 누군가 살아가는 것도 봤죠. 하지만 내 짝
은 없었어요."

살짝 슬픈 듯 말하는 이브의 모습이었지만 진운에게는
그저 가식으로만 느껴질 뿐이었다.

"제 이름이 왜 이브인지 아나요?"

"관심없어, 그딴 거!"

쏘아붙이듯 진운이 말하자,

"새로 시작하기 위해서예요."

그런 진운의 기분은 아랑곳없다는 듯 자기 할 말을 하는 이브였다.

하지만 아까부터 진운의 귓가에 아담과 이브라는 이름이 계속 신경에 거슬리면서 이브의 말을 들으면 들을수록 뭔가 가슴이 차가워지는 기분을 느꼈다.

그리고 그런 진운을 본 이브는 웃으면서,

"이 정도면 알아챘을 거라고 생각되는데요? 제가 기다려온 아담이라면 말이죠."

"……."

구약성경에 나오는 아담과 이브는 유명했다.

인류의 시초라고 알려졌으니 말이다.

신이 인간을 만들 때 아담을 먼저 만들었다고 한다.

그리고 그 아담의 갈비뼈를 하나 떼어내 만든 게 바로 이브라고 했다.

"…설마……."

그리고 이브가 말한 아담과 이브라는 것을 조금만 생각해 보면 충분히 유추할 수 있는 것이었다.

"모든 인류를 다 죽이고 신인류를 만들겠다는 건가? 너는… 말야."

나직하게 지신의 추측이 틀리기를 바라는 마음에서 말했지만 이브는 오히려 진운이 알아챈 것에 기쁜 듯 환하게 웃으면서,

"정확하게 알아챘네요? 맞아요, 지금의 인류는 불필요하다고 느꼈거든요."

"미친……!!"

자동으로 진운의 입에서 욕지거리가 튀어나왔다.

물론 이브는 그런 것은 전혀 상관없는 듯한 표정이지만 말이다.

그리고 진운은 김현중 회장이 말했던 인류말살계획이 뭔지 알 수가 있었다.

일루미나티를 믿는 광신도에 속하는 소수가 살아남아서 자신들의 단일국가를 세우는 게 아니라, 아예 모든 인류를 쓸어버리고 이브와 진운만 살아남아 새로운 인류를 시작한다는 뜻이었다.

"과연 제가 미친 걸까요?"

진운의 욕지거리를 질문처럼 받아들인 듯 이브는 웃으면서 주변을 보더니,

"한번 봐요, 본래 지구가 가지고 있는 풍경은 이런 모습이에요. 하지만 인간이 사는 곳은 어떻죠? 더럽고, 냄새나고, 싸우고, 파괴하고, 거기다 자신들이 만든 것을 예술품인

것마냥 자랑스러워하잖아요.”

진운은 이브의 말이 틀린 것이 없기에 대꾸를 하진 않았다.

물론 그렇다고 동조하는 것도 아니다.

사실 진운은 다른 사람은 뭐 상관없었다.

어떻게 되든 말이다.

하지만 자신과 관련있는 사람만큼은 그냥 두고볼 수 없었다.

특히 이브의 말대로라면 진운 자신을 제외한 다른 모든 인류를 죽인다는 말이고, 그 말은 소지훈과 김미영도 포함된다는 것이다.

“첫 번째 그 사람처럼 나를 거부하지 말고 지금의 인류를 버리고 새로운 인류를 만드는 게 어때요?”

“…첫번째라니……?”

이브의 입에서 나온 말에 진운이 반사적으로 물어보자,

“마케도니아의 왕이었던 그는 처음에 저와 같은 생각이었어요. 하지만 결국 배신하더군요.”

“마케도니아의 왕… 이라면… 알렉산더 대왕……!!”

마케도니아의 왕이라는 말에 진운의 뇌리를 스치는 이름이 있으니 바로 알렉산더 대왕이었다.

일반적으로는 알렉산더 대왕이라고 하지만 그 당시 마케

도니아에서는 알렉산도르 3세라고 불렀다고 한다.

3대째 알렉산도르 왕가의 자손이 왕위를 물려받으면서 자연스럽게 붙는 이름이었던 것이다.

사실 알렉산더 대왕은 너무나 엄청난 업적을 만들었기에 일찍부터 신비화, 비전화를 시켜서 출생부터 신화처럼 꾸며져 있었다.

정확하게 알렉산더 대왕의 출생을 아는 사람은 잘 없을 정도로 알렉산더 대왕에 대해 신격화되어 있고, 현명한 왕이라는 인식이 더욱 강했으니 말이다.

하지만 실제로 알렉산더 대왕은 정복자였다.

나폴레옹보다 훨씬 오래전부터 세계 제패를 노렸던 왕이었으니 말이다.

병사하지 않았다면 지금의 유럽과 아프리카는 하나의 국가였을지도 모른다는 말이 있을 정도였다.

하지만 그가 이브를 만났었다는 것은 진운도 전혀 모르는 사실이었다.

다만 알렉산더 대왕도 바벨의 탑, 최상층에 게티아와 칼라드볼그, 그리고 레메게톤을 두었기에 바벨의 탑의 주인이었다는 것을 알고 있을 뿐이니 말이다.

하지만 한편으로 진운은 바벨의 탑의 주인이 자기 외에 알렉산더 대왕이었으니 당연히 이브가 말한 그 사람은 알렉산더 대왕일 수밖에 없다는 것을 늦게 알아챘다.

"진운 씨도 그와 같은 결정을 할 건가요?"

나직이 말하는 이브의 목소리에서 순간 섬뜩함을 느낀 진운이었다.

지금까지 나긋나긋하게 말하면서 부드러웠던 이브의 목소리가 아니라 그 속에 살기가 숨어 있는 것을 느낀 것이다.

"알렉산더 대왕이 무슨 결정을 했는지 모르지만 난 어차피 지금의 인류를 죽일 생각이 없어."

"역시……."

이브는 진운의 생각을 이미 읽을 수 있기에 결정이 이렇게 날 것이라는 것을 알고 있었다.

다만 입으로 듣는 확답을 기다리고 있을 뿐이었다.

하지만 이브도 이대로 물러날 수는 없었다.

현재 지구를 살아가는 해충 같은 인간들의 모습을 보았을 때 진운이 마지막 바벨의 탑의 주인일 것이니 말이다.

인류의 시초가 되는 아담과 이브의 자격은 무조건 바벨의 탑의 주인이라는 조건이었기에 이브도 이대로 진운을 보낼 생각이 없었다.

"싫어도 나와 같이 가야 해요."

갑자기 부드러운 모습이 사라진 이브의 눈빛이 바뀌더니,

쏴아아아아아악!!!

순식간에 진운을 압도할 엄청난 기운이 뿜어져 나와 어깨를 누르기 시작했다.

"크윽……!!"

갑작스런 이브의 행동에 잠시 방심했던 진운은 뒤늦게 마나를 끌어 올려 대항했지만 역부족이었다.

'압도적이다, 젠장……. 인정하기 싫지만… 강해, 나보다 훨씬 더!!'

지금 자신을 억누르는 힘이 이브가 가진 본연의 힘인지, 아니면 진운은 겨우 한 명의 마신을 봉인한 것과 달리 이브는 나머지 마신을 모두 봉인해서 그 속에서 힘을 이끌어 낸 것인지 정확하진 않지만 극명하게 힘의 균형이 무너져 있는 것만은 확실했다.

"끄아아아아악!!!"

비명에 가까운 고함을 치면서 진운은 자신이 가진 모든 마나를 활성화시키자 그나마 약간 어깨를 누르는 힘이 약해지는 것을 느낄 수가 있었다.

거기다 희미하지만 진운의 마나와 충돌로 인해 엎치락뒤치락하는 기운이 느껴지는 것이다.

'마기… 인가……?'

마나와 충돌해서 반응하는 기운은 마기뿐이었기에 진운

은 순간적으로 그렇게 판단했고, 그 판단은 정확했다.

지금 이브는 진운과 달리 별다른 무력은 없었다.

다만, 초자연적인 힘을 가지고 있는 것이 달랐다.

그 힘으로 마신을 하나씩 봉인하면서 자신의 힘으로 쓰기 시작했던 것이다.

아무리 마신이라지만 봉인된 여러 명의 마신에게서 힘을 뽑아 쓰는 이브의 힘을 당할 수는 없는 법이다.

특히나 강한 자에 복종하는 것이 마신들의 특성이다 보니 한번 봉인되면 이브가 원하는 대로 얼마든지 힘을 뽑아 쓸 수가 있었던 것도 많은 도움이 되었으니 말이다.

과거 알렉산도르 3세도 바벨의 탑의 주인이 되었지만 그저 탑이 가진 정보를 이용해서 군대를 키웠을 뿐이었다.

현명한 왕으로 알려진 알렉산도르 3세는 사실 바벨의 탑에서 지식을 얻어서 그것을 사용했던 것이다.

그런데 진운은 조금 특이하게 힘을 얻어버렸다.

바로 이브가 말했던 불청객인 레이나 덕분에 말이다.

아무리 이브가 두 번째 탑의 주인이라고 해도 모든 인간의 운명에 관여할 수는 없는 법이었다.

다만 수백 년 동안 바벨의 탑에서 살면서 마신의 힘으로 불로불사의 힘을 얻은 뒤 미래까지 볼 수 있는 레벨까지 올랐기에 마지막으로 알렉산도르 3세의 뒤를 이어서 탑의 주인이 나타난다는 것만 알고 있을 뿐이었다.

사실 진운의 존재를 이브가 알아챈 것도 최근이었다.

테칸과 로이칸을 통해 우연히 진운의 존재를 알았으니 말이다.

그리고 테칸이 죽고 마신이 부활했지만 너무나 손쉽게 처리하는 것을 보고 드디어 때가 되었다고 판단한 이브는 즉각 자신의 존재를 일부러 드러냈다.

수십 년 동안 시리가 그렇게 찾아도 찾을 수 없었던 일루미나티의 본부가 진운이 테칸을 처리하자마자 드러난 것도 모두 이브의 계획이었던 것이다.

한마디로 이브의 손바닥 안에서 모두가 놀아난 것이나 마찬가지였다.

"더 이상 기다릴 수 없어. 진운, 네가 마지막 아담이니까 말야."

지금 지구의 상태를 보면 짧게는 몇십 년, 길게는 몇백 년 안에 인류를 포함해서 모든 생명체가 멸종할 가능성이 상당히 높았다.

그리고 이브가 주인인 탑에서도 인류의 미래는 멸종이라고 말했으니 틀림없었다.

거기다 진운이 마지막 탑의 주인일 확률이 상당히 높다 보니 이브도 더 이상 기다릴 수 없는 처지가 되어버린 것이다.

"크옥……!! 내가 순순히 당할 것 같아!!"

갑자기 이브의 태도가 왜 바뀌었는지 이유는 모르지만 이대로 넋 놓고 당할 수는 없는 법이다.

거기다 자신이 여기서 패한다면 레이나는 물론이거니와 자신이 아는 모든 사람을 포함해서 전 인류가 위험해질 수도 있었다.

"걱정하지 마, 죽이진 않으니까 말야. 죽이지는……."

묘하게 죽이지 않는다는 말을 하면서 입가에 미소를 짓는 이브의 얼굴은 그 어떤 표정보다 부드러웠지만 진운에게는 그 어떤 표정보다 무섭게 느껴졌다.

마치 살아만 있으면 어떤 상태라도 상관없다는 것처럼 들렸으니 말이다.

그리고 역시나 그런 진운의 생각이 들어맞았는지,

"뇌만 죽여서 데리고 있으면 돼. 그럼 섹스는 가능하니 말야."

섬뜩!!

이브의 말이 끝나는 순간 온몸에 털이 곤두서는 느낌이 들면서 조금 전 왜 그렇게 무섭게 느껴졌는지 알게 되는 순간이었다.

지금 이브는 오로지 자신의 정자만 있으면 된다는 식이

었다.

오로지 종족번식만 하면 되는 암컷의 모습이나 다름이 없었다.

사람들이 정말 극한에 몰리고 얼마 뒤에 자신이 죽는다는 것을 알게 된다면, 믿을 수 없게도 성적인 욕구가 강해진다고 한다.

자신의 힘으로 어쩔 수 없는 미래를 알게 되는 순간 본능적으로 종족을 남겨야 된다는 것에 사로잡혀서 말이다.

지금 이브의 상태가 딱 그러했다.

더 이상 탑의 주인이 나오지 않는다는 것에 이브는 더 이상 기다릴 수도, 설득할 시간도 없는 것이다.

이대로 계속 현재 인류가 지구를 오염시킨다면 나중에 자신의 자손들이 살아가기 힘들 테니 말이다.

한마디로 이브는 수백 년 동안 자신이 살아오던 목표의 마지막 부분에 도달해 있었다.

그것도 진운의 판단에 따라 완전히 실패할 수도 있는 위험성을 가지고 말이다.

그러다 보니 오로지 진운의 정자만 받아서 지금의 인류를 쓸어버리고 새로운 인류를 만들겠다는 생각에 사로잡혀버렸기에 이런 극단적인 생각까지 할 수 있는 것이었다.

"미친년!!!"

당연히 진운의 입장에서는 미친년이었다.

그것도 수백 년을 살아온 아주 제대로 미친년 말이다.

"슬프네요. 저를 보고 그렇게 생각하다니 말이죠……."

진운의 욕설에도 담담하게 표정을 유지한 이브는 다시
물었다.

"그냥 포기하고 나의 아담이 되어줘요. 저도 최후의 수단
은 쓰고 싶지 않으니까요."

마치 사정하는 듯 말했지만 진운으로서는 절대로 들어줄
수 없는 말이었다.

레이나와 곧 결혼해서 달콤한 신혼 생활을 꿈꾸고 있는
데 느닷없이 미친 스토커 같은 여자가 튀어나와서 자기랑
같이 살자고 한다면 좋겠는가.

거기다 자기 외에는 모두 죽여 버린다고 대놓고 말하는
미친 여자를 말이다.

생각하기도 싫은 진운이었다.

"거절하지, 난 당장 너를 죽이고 가야 할 곳이 있으니 말
야."

진운은 이브의 마지막 말도 단칼에 거절해 버리자 작은
한숨과 함께 그동안 짓누르던 기운이 강해지기 시작했다.

'젠장, 아직 본래 힘의 반에 반도 쓰지 않았던 거였구만.
빌어먹을……!'

기운의 압박이 계속 강해지는데 마나를 이미 한계까지 활성화시켜서 대항하고 있던 진운이었기에 이브의 압박이 강해지면 강해질수록 구석으로 몰릴 수밖에 없었다.

그나마 진운의 몸에 직접적으로 공격하지 않는다는 것이 천만다행이라면 다행일지도 몰랐다.

아니, 진운의 건강한 씨앗을 원하는 이브로서는 오히려 지금의 공격이 가장 확실할지도 몰랐다.

자신의 말을 듣지 않는 진운을 기운으로 압박해서 굴복시킨 다음에 뇌를 죽여 살아 있는 시체로 만들기 위해서는 말이다.

몸에 상처가 나면 혹시라도 자손에게 안 좋은 일이 생길 수 있으니 이브도 어쩔 수 없이 이런 공격 방법밖에 없는 것이다.

하지만 자신있어 하는 이브였다.

진운은 겨우 한 명의 마신을 봉인했다.

거기다 자신의 게티아와 달리 알렉산도르 3세가 복사한 가짜 게티아를 가지고 있기까지 했는데 나머지 마신을 모두 봉인하고 그 힘을 끌어내 사용하는 자신이 절대로 지는 일이 없다고 생각했던 것이다.

지금까지 살아오면서 자신에게 거부하는 녀석들은 모두 이런 식으로 처리했었다.

일루미나티를 처음 만들 때도 아담 바우샤우트 뒤에서 이브가 사람들을 조종하고, 탑의 주인으로서 얻은 정보로 세력을 급속하게 키운 것도 모두 이 능력 때문이었다.

옛날부터 정보를 지배하는 자가 세계를 지배한다고 했다.

돈도, 사람도 모두 정보를 가지고 있으면 얼마든지 흔들 수 있으니 말이다.

“크어억… 쿨럭……!!”

점점 심해지는 이브의 압박에 갑자기 심장에서 고통을 느낀 진운은 곧바로 시커먼 피를 토해 버렸다.

“젠장, 역류가 시작된 건가.”

마나의 적응을 끝내고서 초인이 되었다고 하지만 아직 진운의 몸은 인간의 틀에서 크게 벗어나지 못하고 있었다.

거기다 지금 진운을 압박하고 있는 이브의 기운은 마기였기에 자연스럽게 마나와 마기가 충돌해서 소멸하는 충격이 모두 진운의 몸에 쌓일 수밖에 없는 것이다.

그리고 그렇게 쌓인 충격이 결국 한계까지 마나를 활성화시킨 진운의 몸을 건드리기 시작했다.

‘이대로는 위험해.’

점점 자신의 마나가 마기에 밀려 작아지는 것을 확연히 느낄 수 있었다.

거기다 다른 곳보다 머리를 향한 마기의 압박이 몇 배나 강하다는 것을 느낀 진운은 정말 이브는 자신의 뇌를 마기로 잠식시켜서 조종하든지 아니면 뇌를 죽여서 살아 있는 시체로 만들면서까지 자신을 가지려고 한다는 것에 진저리가 났다.

'세상에서 머리 좋게 미친 사람이 가장 위험하다더니……. 젠장…….'

사이코패스도 보면 의외로 아이큐가 높은 경우가 많았다.

그리고 그런 녀석들이 정말 위험하기도 했다.

이브의 경우 이건 사이코패스의 수준을 넘어도 한참을 넘고 있었다.

탑의 주인으로 살아오면서 쌓인 지식이 엄청날 테니 말이다.

그리고 그렇게 쌓인 지식을 기본으로 해서 현재의 인류는 더 이상 희망이 없다고 판단을 내리고 자신이 신 인류의 시작이 되겠다고 생각하고는 수백 년 동안 기다렸으니 이 정도면 세상에 모든 미친 연놈들을 데리고 와도 상대가 되지 않을 정도였다.

거기다 미친 사람이 그 누구보다 강한 힘까지 가지고 있으면 이건 대책이 없었다.

그리고 지금 진운 앞에 있는 이브가 이 모든 것에 해당하는 최고의 미친 여자였으니 진운으로서는 무슨 방법을 생각해 내야만 했다.

이대로는 정말 이브의 의도대로 될 가망성이 99% 확률이었으니 말이다.

그런데 거의 바닥에 엎드릴 만큼 압박감에 눌려 있던 진운은 좋은 생각이 들었는지 입가에 미소를 지으면서,

"크아가가각!!!!!"

이상한 말이 섞인 고함을 치더니 웅크린 몸을 펴면서 일어서서 똑바로 이브를 쳐다보면서,

"차라리 이대로 내가 자살을 하면 어떻게 될까?"

라는 말과 함께 칼라드볼그를 자신의 목에 가져가 대면서,

씨익~

웃자, 순간 놀란 이브는,

"안 돼!!!!"

라며 고함을 치더니 압박하던 마기가 조금 줄어드는 것이 아닌가.

마기가 줄어들자 진운은 자신의 계획이 통했다는 생각에 칼라드볼그의 칼날을 더욱 목에 가져다 대자,

핏!

날카로운 칼날에 살이 베였는지 피가 살짝 뿜어져 나오기 시작했고, 그 모습을 본 이브는 당황하기 시작했다.

설마하니 진운이 자살을 선택할 줄은 전혀 예상을 못했던 것이다.

진운이 죽어버린다면 지금까지 모든 계획이 아무 소용이 없으니 아무리 치밀한 계획을 짠 이브라도 당장 방법이 없었다.

하지만 그러면서도 한숨과 함께,

"처음부터 두 팔을 부러뜨리고 시작했어야 했는데……."

섬뜩!!

양팔을 부러뜨린다는 말을 아무렇지 않게 하는 이브의 말에 진운은 자신이 운이 좋았다고 생각했다.

진운이 이브에 비해서 너무나 힘이 압도적으로 낮았기에 이브는 그저 마기로 압박할 생각만 했던 것이다.

즉 너무 힘의 차이가 많이 나서 다른 방법을 생각할 필요가 없었던 것이 마지막에 진운에게 기회를 준 거나 마찬가지였다.

이브에게는 방심이었고, 진운에게는 마지막 수단이 되었다.

"난 너와 함께할 생각이 전혀 없어. 그리고 지금의 인류도 어떻게 할 생각이 없고 말야."

칼라드볼그의 칼날을 목에 바싹 가져가서는 협박하면서 진운이 슬그머니 한 걸음 내딛었다.

물론 아주 자연스럽게 몸을 비틀면서 내딛은 것이라 이브는 모르는 듯했다.

아니, 지금 이브는 진운의 갑작스런 협박에 당황해서 그런 진운의 머릿속을 읽을 생각조차 하지 않고 있었다.

마지막까지 몰려서 진운이 발악하는 거라고 생각하고 있으니 말이다.

그저 어떻게 진운을 달래서 뒤통수를 칠까, 하는 생각으로 머릿속이 복잡해 있는 것이 현재 이브였다.

진운이 이브의 생각처럼 마지막까지 몰려서 발버둥치는 것은 맞았다.

하지만 이상하게 칼라드볼그를 슬쩍 움직이면서 마치 자연스럽게 몸이 움직이는 것처럼 해서 조금씩 이브의 곁으로 다가가고 있었다.

'제발, 눈치채지 마라, 제발……'

현재 진운은 일부러 충격을 줘서 잠깐 틈을 만들어서 이브에게 접근한 다음 회심의 일격을 할 생각이었다.

물론 다른 사람의 생각을 읽는 능력을 가진 이브에게는 어쩌면 자살행위나 마찬가지일지도 몰랐다.

하지만 그렇다고 이대로 계속 목에 칼을 대고 협박한다

고 해서 별 뾰족한 수가 나는 것도 아니었다.

무엇보다 자신이 이렇게 이브와 대치하고 있는 시간에도 레이나에게 어떤 위험이 다가오고 있는지 알 수 없기에 이브의 예상과 달리 진운은 지금 1초의 시간도 아까운 심정인 것이다.

스윽.

세 번째 걸음을 몸을 비틀면서 다가갔다.

다행히 이브는 아직도 진운의 목에 닿아 있는 칼라드볼그에 집중해 있는 듯했다.

'한 발자국만.'

자신의 계획대로라면 딱 한 발자국만 더 가면 되었고, 지금까지와 같이 칼라드볼그를 살짝 움직이면서 몸을 비틀은 진운이었다.

당연히 마신도 베어버리는 칼라드볼그였으니 진운의 목에서 피가 흘러내려 지금 상의를 다 적시고 있는 것은 당연했다.

이대로 시간을 끌면 진운이 과다출혈로 죽을 수도 있었다.

진운은 그저 자신의 연극이 좀 더 극대화될 수 있도록 일부러 칼라드볼그에 자신의 생각을 전달해서 목을 살짝 베이도록 했던 것이다.

칼라드볼그는 주인의 생각에 따라 세상에서 가장 날카로

운 검이 될 수도 있지만 반대로 세상에서 가장 베이지 않는 몽둥이가 될 수도 있다.

그렇기에 일부러 자신의 생각을 검에 전달한 것이다.

그런데 진운의 피가 상의를 반쯤 적시자 이브는 다급해졌다.

전혀 자신이 예상한 것과 반대로 가고 있었으니 말이다.

지금까지 수백 년을 살아오면서 자신의 생각대로 일이 진행되지 않은 것은 알렉산도르 3세를 제외하고는 진운이 두 번째였다.

그렇다 보니 진운의 예상과 달리 이브는 심하게 당황하고 있었다.

생각대로 모든 일이 흘러가던 이브에게는 진운과 같은 변수는 면역이 없을 수밖에 없었다.

수많은 시행착오를 거치면서 경험을 쌓은 게 아니라, 오로지 탑의 정보와 지식으로 자신의 뜻대로 일을 만들어왔던 이브는 알렉산도르 3세에게도 보기 좋게 뒤통수 맞았을 때도 다시는 그런 일이 없어야겠다고 다짐했었다.

하지만 진운이 마지막 탑의 주인이라는 것과 죽어서는 안 된다는 생각 때문에 자살하겠다고 협박하는 진운의 말에 머릿속이 복잡해져 버린 것이다.

그것은 자연스럽게 진운을 압박하던 기운이 약해지는 결

과를 만들어버렸다.

그리고 진운의 과장스러운 피 흘리는 작전이 너무나 보기 좋게 이브를 더욱 압박하는 결과를 낳기도 했다.

여러 가지 복합적인 상황이 겹치고 겹쳐서 마치 운명처럼 진운의 생각대로 지금 상황이 흘러가고 있는 것이다.

저벅.

그리고 진운이 생각했던 마지막 한 걸음이 완성되었을 때 자신의 마나를 뼛속까지 뽑아내듯 최대한 활성화시키더니 칼라드볼그를 쥐고 있는 왼손이 아닌 반대쪽 오른손에 무조건 밀어 넣기 시작했다.

마치 뒷일은 생각하지도 않겠다는 듯 말이다.

"……!!!"

이브도 갑자기 진운의 마나가 오른손에 집중된다는 것을 뒤늦게 알아차렸다.

자신의 마기에 대항하던 진운의 마나가 갑자기 사라지듯 허전함을 느꼈으니 말이다.

"뭐하는 거야!!!"

이브는 당황해서 소리쳤지만 진운은 대답하기보다 무작정 주먹을 내질렀다.

마나가 가득한 오른 주먹을 말이다.

"소용없어!!"

한발 늦긴 했지만 이브도 진운의 공격을 눈치챘는지 급하게 손을 들어 막았다.

그런데 그 순간,

쨍!!

마치 금속이 깨어지는 듯한 소리가 들리더니,

쾅!!!!

진운의 주먹과 이브의 손 사이에 굉음과 함께 엄청난 섬광이 뿜어져 나왔다.

그리고 순식간에 충격으로 인해 진운은 뒤로 밀려 버렸고, 이브는 끈 떨어진 연처럼 힘없이 날아가더니 바닥을 뒹굴고 있었다.

"쿨럭!!!"

선명하게 붉은 피를 한주먹이나 토해낸 진운은 심장에서 느껴지는 고통에 결국 무릎을 꿇고 말았다.

"쿨럭, 쿨럭……."

거기다 무릎을 꿇기가 무섭게 연달아 입에서 피를 토해내는데 목이 베이면서 흘러내린 피보다 방금 토해낸 피가 더 많을 정도였다.

"젠장……."

거의 죽기 아니면 까무러치기로 시도한 공격이었다.

물론 이브가 육체적으로는 무력이 없을지도 모른다는 판

단을 했기에 이런 미친 공격을 했다.

자신을 공격할 때도 오로지 마기를 사용한 것, 그리고 생각을 읽는다는 것에 집중한 진운은 어쩌면 이브는 마신의 힘을 이용해서 오랫동안 살아왔을지도 모른다는 판단을 했다.

그래서 마기를 사용하는 것에 익숙해서 다른 육체적인 힘은 없을지도 모른다는 추측을 했고, 도박과 같은 공격을 감행한 것이다.

어차피 그대로 있었다면 마기에 밀려 뇌가 죽거나 마기에 침식당해 이브의 꼭두각시가 되었을 테니 진운으로서도 이판사판이었다.

뭐 이유야 어찌 되었든 그 생각이 맞았는지 자신을 압박하던 마기가 감쪽같이 사라졌으니 진운으로서는 성공한 셈이었다.

물론 그 충격으로 인해 지금 얼굴과 입술이 하얗게 변할 만큼 충격을 입었지만 말이다.

"굉장하군요, 정말……."

그런데 그런 기쁨도 잠시였다.

바닥을 뒹굴면서 나가떨어진 이브가 다시 일어선 것이다.

그것도 얼굴에 핏기가 사라진 진운과 달리 멀쩡한 모습

으로 말이다.

"설마 그 상황에 반격할 줄이야……. 알렉산도르 3세보다 더 대단해요."

순수하게 진운을 보면서 칭찬하던 이브는 갑자기 몸에서 살기를 뿜어내더니,

"하지만 이걸로 확실해졌네요, 뇌만 죽여서 내 곁에 둬야겠다는 것이 말이죠."

"크윽!!!"

사라졌던 마기의 압박이 다시 시작되자 진운은 속수무책이었다.

이미 마나를 활성화시키기에는 몸 상태가 최악의 상태였으니 말이다.

"크아아악!!!"

작정한 듯 진운의 머리로 마기가 집중되자 그나마 희미하게 마나로 보호하던 막도 순식간에 부서지면서 뇌 속으로 마기가 스며드는 것을 느끼는 진운은 고통에 비명을 질렀다.

특히나 마나의 적응으로 몸이 바뀐 진운에게 마기는 독약이나 마찬가지였다.

"쿨럭… 쿨럭!!!"

마기가 뇌에 스며들자마자 다시 선명한 붉은빛의 피를

토해낸 진운이 거의 바닥에 엎드리듯 쓰러지기 직전까지 몰렸을 무렵,

"뭐야!!!"

돌연 이브의 비명이 울려 퍼지더니 진운의 뇌 속으로 스며들던 마기가 빠르게 사라져 버렸다.

뇌 속으로 파고들던 마기가 사라지자 겨우 정신만 붙잡은 진운이 힘겹게 고개를 들었는데 그의 시선에 보인 것은 당황하듯 자신의 손을 감싸고 있는 이브의 모습이었다.

"이럴 리 없어!! 왜!! 어째서!!!"

심하게 당황했는지 손을 움켜쥐고는 어쩔 줄 몰라 하더니 순간 눈부신 섬광이 진운의 시야를 새하얗게 만들어 버렸다.

"크윽……!!"

갑작스런 섬광에 진운은 눈을 뜨지 못하고 잠시 눈을 감춘 채 고개를 숙였다.

어차피 이미 이브에게 대항할 힘이 더 이상 없었으니 말이다.

그런데 이상했다.

벌써 섬광이 뿜어져 나오고 몇 분의 시간이 지난 것 같았는데 마기가 자신을 압박하지 않았다.

'뭐지……?

뭔가 의아한 기분에 다시 힘겹게 고개만 들어 앞을 내다
보자, 이브가 있어야 할 자리에 이브 대신 새하얗게 변해
버린 머리카락과 온몸에 주름과 검버섯이 가득한 죽기 직
전의 할머니가 보이는 것이 아닌가.

“크윽… 어떻게 된 거지……?”

상황이 이상하게 돌아간다는 생각에 진운이 힘겹게 허리
를 펴는 순간,

슈유유육!!

슈우우우우우우욱!!!

어디선가 엄청난 힘이 진운의 몸을 휘감더니 빠르게 고
통이 사라지기 시작했다.

“뭐야, 이건…….”

방금 전까지만 해도 몸 안의 마나가 모두 사라져서 심장
에 무리가 갔는지 금방이라도 멈출 것 같던 심장의 고통이
사라지고는 편안해져 버렸다.

그뿐인가? 진운의 혈색이 순식간에 빠르게 회복되는 게
아닌가.

있을 수 없는 일이었다.

“이건 도대체…….”

도무지 영문을 몰라 하는 진운이 몸에 마나가 가득하자
가볍게 일어섰다.

어느새 목의 상처도 치료가 되었는지 흉터조차 남아 있지 않은 상태였다.

그리고 완전히 회복된 진운의 앞에 자신의 게티아에 봉인되어 있어야 할 레오날드가 모습을 드러내는게 아닌가.

"레오날드."

진운이 나직하게 이름을 부르자 갑자기 레오날드 옆으로 다른 인영이 모습을 드러내는데 그 숫자가 점점 늘어나기 시작했다.

"이게 어떻게 된 거야……?"

도무지 영문을 알 수 없는 상황에 진운이 그나마 안면이 있는 레오날드에게 물어보자,

[진정한 게티아의 주인이게 마신들이 돌아간 것일 뿐입니다.]

"진정한 게티아의 주인… 이라니……?"

이해하지 못할 레오날드의 말에 진운이 고개를 갸웃거리자,

[지금 저기 있는 노인이 바로 이브입니다.]

"헉!!"

레오날드가 가리킨 노인을 보는 순간 그제야 진운은 할머니가 입고 있는 옷이 낯익다는 것을 알아챘다.

하지만 도저히 방금 전에 청초하면서도 엄청난 미녀였다

는 것을 상상할 수 없을 만큼 늙고 초라한 모습의 할머니가
서 있을 뿐이었다.

[주인님께서는 모르셨겠지만, 알렉산도르 3세가 만든 가
짜 게티아가 바로 이브가 가지고 있던 겁니다. 그리고 주인
님이 물려받은 게티아가 바로 진정한 게티아입니다.]

"뭐라고?"

전혀 뜻밖의 말을 들은 진운이 영문을 몰라 하자 레오날
드가 설명을 시작하는데, 이야기를 다 들은 진운은 자신이
정말 운이 좋아도 정말 너무 좋았다고밖에 할 말이 없었
다.

마지막으로 마나를 가득 담아서 이브를 공격할 때 이브
가 반사적으로 손을 올려 진운의 주먹을 막았었다.

그런데 그때 정말 운이 좋게 진운이 끼고 있던 게티아와
이브가 손가락에 끼고 있던 게티아가 서로 부딪친 것이다.

진운은 게티아를 노려서 공격할 생각은 애초에 없었다.

그저 이브의 심장을 노려 어떻게든 한 방이라도 때려 상
황을 반전시킬 요량으로 무조건 힘껏 주먹을 내질렀을 뿐
이었다.

그런데 게티아끼리 부딪치는 순간 진운이 끼고 있던 진
짜와 이브가 끼고 있던 알렉산드로 3세가 만든 가짜가 엄청
난 힘으로 부딪쳐 버린 것이다.

아무리 가짜라도 게티아의 기본 원리와 힘을 담는 그릇으로는 충분했다.

그렇기에 이브도 그동안 모르고 있었던 것이고 말이다.

하지만 진짜와 충돌하는 순간 진짜와 가짜의 차이가 드러나 버리고 말았다.

바로 이브가 끼고 있던 게티아에 금이 가버린 것이다.

진운은 작용 반작용의 법칙 때문인지 자신이 내지른 힘에 충격을 받아 상태가 심각해진 반면 이브는 가짜 게티아가 충격을 모두 흡수하면서 금이 가는 바람에 보기에는 심하게 충격을 받아 날아가 버린 것처럼 보이지만, 실제로는 전혀 충격이 없었던 것이다.

하지만 다시 마신의 힘을 끌어내 진운을 압박하는 순간, 이브의 금이 간 게티아가 부서져 버리고 말았다.

동시에 마신의 힘으로 유지하던 불로불사의 능력도 연기처럼 사라져 버렸고 말이다.

"어떻게 이런 일이……."

진운은 자신의 손에 끼워진 게티아를 보는 순간 그동안 보기 흉하게 뚫려 있던 구멍이 거의 메워졌다는 것을 알았다.

이브의 게티아가 부서지는 순간 그 속에 봉인되어 있던 마신들이 모두 진운의 게티아로 옮겨진 것이다.

아니, 정확하게는 레오날드가 마신들을 끌어당겼다고 해

야 맞을 것이다.

이브에 의해 힘이 사용되어 온 마신들은 갑자기 풀려났지만 너무나 갑작스럽게 풀려났기에 우왕좌왕하고 있었고, 레오날드는 그걸 기다렸다는 듯 게티아를 움직여 모조리 진운에게 넘겨줬었다.

그리고 그렇게 넘치는 마신의 힘을 이용해서 진운의 몸을 회복시키고 치료한 것이었다.

모든 상황을 전해 들은 진운은 어이가 없으면서도 한편으로는 황당함을 감출 수가 없었다.

뭔가 거창한 전투는 아니지만 생사를 오가는 싸움을 했었는데 알고 보니 이브가 가지고 있는 게티아가 가짜였다는 것이다.

그리고 진운의 시야에 바다 한가운데 거대한 탑이 모습을 드러내기 시작했다.

"저것이… 이브가 주인이던 탑인가……?"

마치 신기루처럼 허공에서 모습을 드러낸 이브가 주인이던 바벨의 탑이 완전히 모습을 드러내더니 천천히, 하지만 빠르게 무너지기 시작했다.

"……."

진운은 그 모습을 말없이 지켜보면서 가만히 서 있을 뿐이었다.

커다란 탑이 진운의 눈앞에서 무너지는 것은 불과 몇 분
에 불과했다.
하지만 그 어디에도 흔적도, 파편도 남아 있지 않았다.
마치 차원의 너머로 사라진 듯 말이다.

Chapter 08
이제 뭐하지?

“내가 이렇게… 죽다니…….”

진운은 자신의 품에 안겨서 금방이라도 숨이 넘어갈 듯 헐떡이는 할머니, 아니 변해 버린 이브의 모습을 보면서 쓸쓸한 눈빛을 지었다.

“내가… 불쌍한가… 보네, 진운…….”

몇 번이나 숨을 몰아쉰 이브는 진운의 눈빛을 보면서 주름 가득한 얼굴에 힘겹게 미소를 짓더니,

“하지만 난… 후회는 없었어…….”

마치 어린애 같은 미소라고 생각이 들 만큼 환하게 웃은

이브는 그대로 눈을 뜬 채 숨을 멈추고 말았다.

"겨우… 이러려고 수백 년 동안 살아온 건가요, 당신
은……."

마신의 힘이 없어진 이브는 그동안 세월의 힘을 한꺼번
에 몰아서 받는 듯 진운의 품에서 몇 마디 말만 하고는 죽
어버렸다.

그리고 곧바로 수분이 급격히 사라지더니,

퍼석!

저절로 부서져 가루가 되어 허공에 흩어져 버렸다.

"…하아……."

마지막까지 그 모습을 본 진운은 후련함보다는 안타까움
뿐이었다.

이브도 분명히 처음에는 자신과 같은 평범한 사람이었을
것이다.

어떤 이유로, 어떻게 바벨의 탑의 주인이 된 것인지는 모
르지만 탑의 지식이 오히려 그녀를 망가뜨린 것이나 마찬
가지였다.

너무나 많은 지식과 정보, 그리고 앞을 내다보는 미래를
알 수 있는 바벨의 탑의 힘을 이용해서 수백 년을 살아오다
보니 스스로가 괴물이 되어버렸으니 말이다.

"레이나에게 가봐야지."

이브와의 싸움이 끝났으니 이제 레이나에게 돌아가야 했다.

물론 그녀가 쉽게 당하진 않을 것이다.

진운 본인과 같이 바벨의 탑에서 살아남은 저력이 있으니 말이다.

스윽~

그저 진운이 레이나를 생각했을 뿐이지만 진운의 몸이 허공에 녹아들 듯 사라져 버렸다.

그리고 다시 나타난 곳은 정확하게 진운이 사라졌던 좀비 공장의 입구였다.

쿠와아앙!!!

쾅!!!

진운이 막 모습을 드러냈을 때 눈앞에 콘트리트 파편이 튀어 오르면서 거인 좀비가 주먹을 내리꽂는 것이 진운의 눈에 보였다.

그리고 그런 거인 좀비의 주먹을 피해 몸을 날리며 바람의 화살을 만들어 쏘아대는 레이나의 모습도 보였고 말이다.

―베이스퍼 씨!! 아래!!

언제부터인지 레이나와 베이스퍼가 함께 연계로 공격을 하는 듯했다.

레이나가 거인 좀비의 시선을 끌면 베이스퍼가 빠르게 다가가 공격하고 빠지는 식으로 말이다.

그러나 베이스퍼가 빠르게 거인 좀비의 뒤꿈치 쪽에 아킬레스건을 베어버렸지만 믿을 수 없게도 금방 아물어 버리는 것이다.

"젠장!! 또 실패야!"

베이스퍼는 오러블레이드로도 소용없는 거인 좀비의 괴물 같은 재생능력 때문에 이미 지칠 대로 지쳐 있는 상황이었다.

이건 베어도 베어도 끝이 없으니 지칠 수밖에 없는 것이다.

"수고하시네요."

—……!!!!!

"……!!! 진운 군!!!"

마치 아무렇지 않다는 듯 진운이 입구에서 웃으면서 인사했다.

그러자 공중에서 몸을 비틀어 방향을 바꾸는 고난위도 묘기를 보인 레이나가 옆에 기둥을 발로 차면서 곧바로 진운의 품에 날아들었다.

덥석~

"어이쿠!!"

진운은 일부러 한마디 하자 진운의 품에 안긴 레이나는 곧바로 품에서 떨어지더니 냅다 손을 올리고는 진운의 뺨을 후려치는게 아닌가.

찰싹!

"헉……!!"

진운이 반가워서 곁으로 빠르게 다가가던 베이스퍼도 놀라서 잠시 멈칫거릴 만큼 레이나가 진운을 때린다는 것은 생각도 해본 적이 없었던 것이다.

─다시 한 번 이러면 이혼이야!!

악을 담아서 소리치듯 레이나가 소리치자 진운은 멋쩍은 듯 머리를 긁적이면서,

"알았어, 미안해."

진운은 레이나를 살짝 안으면서 몸을 옆으로 살짝 피했다.

쾅!!!

그러자 정확하게 종이 한 장 차이로 거인 좀비의 주먹이 내리꽂히는 게 아닌가? 미리 알고 있었다는 듯 자연스럽게 피해 버리는 진운이었다.

"잠시만, 이것들을 처리하고 나서 사과할게."

─알았어.

레이나도 자신이 방금 진운의 뺨을 때린 것이 이제야 후

회가 되는지 눈을 마주치지 못하고는 슬쩍 고개를 돌려 버렸다.

"거인 좀비라. 아무튼… 아이디어는 정말 대단해요……."

마치 오우거에 트롤을 합친 듯한 것이 바로 거인 좀비였다.

다만 미친 듯한 재생력과 이미 죽은 시체라는 것이 조금 다를 뿐이지만 말이다.

하지만 그런 것은 진운에게 아무런 문제가 될 게 없었다.

마기로 움직이는 존재는 진운에게는 그저 길가의 먼지보다 못했으니 말이다.

휙!

쾅!!

진운의 머리를 향해 날아오는 주먹을 가볍게 피한 뒤 슬쩍 다가가 거인 좀비의 다리를 주먹으로 슬쩍 후려치자,

쾅!!!

믿을 수 없지만 거인 좀비의 다리가 고기 조각으로 변해 부서지면서 그대로 쓰러져 버리는 것이다.

거기다 지금까지 베이스퍼가 미친 듯이 칼질했을 때는 미친 듯이 재생되던 거인 좀비의 다리가 전혀 재생을 못하고 있었다.

“편안하게 잠들어라.”

넘어져서 허우적거리는 거인 좀비의 곁으로 다가가 진운이 게티아에 약간 힘을 집중해서 가볍게 때리자,

퍼엉!!!

공기가 찢어지는 듯한 소리와 함께 거인 좀비는 흔적도 없이 사라져 버렸다.

반면 그렇게 거인 좀비를 처리한 진운은 입맛을 다시면서,

“이거… 힘 조절 하는 법을 다시 익혀야겠네…….”

자신의 마나가 아닌 게티아에 봉인되어 있는 마신들의 힘을 아주 조금만 끌어내 사용했을 뿐이었다.

이브와 달리 진운은 육체적인 능력으로 사용하는 것이 익숙하다 보니 자연스럽게 그렇게 힘이 발휘된 것뿐이었지만, 위력은 상상을 뛰어넘는 것이다.

“…완전 괴물 중에 괴물이 되어 돌아왔군…….”

베이스퍼는 거인 좀비를 단 두 방에 흔적조차 없애 버리는 것에 이제는 혀를 내두르면서,

“김현중이나 정진운이나… 한국 사람은 다 저런 건가? 나참…….”

결과적으로 넘사벽으로 변해 버린 진운을 보면서 고개만 저을 뿐이었다.

다만, 레이나만 조용히 그런 진운을 바라보고 있을 뿐이었다.

퍼엉!!!

두 번째 거인 좀비는 그냥 가볍게 몇 번의 풋워크처럼 몸을 흔들면서 다가가 라이트 훅으로 한 방 때렸을 뿐이지만 역시나 공장을 울릴 만큼 커다란 소리와 함께 소멸해 버렸다.

그러고는 아무 일도 없었다는 것처럼 천천히 레이나와 베이스퍼에게 다가오더니,

"이제 밖의 녀석들 처리해야지?"

처음 공장에 들어올 때 최대한 직선거리의 좀비만 처리하고 들어왔으니 아직 밖에는 족히 수십 마리에서 수백 마리의 좀비가 있을 것이기에 그것을 마저 처리하려고 밖으로 나왔는데,

"휴우, 이게 다 뭐야……."

놀랍게도 밖으로 나온 진운의 눈앞에는 움직이는 좀비가 한 마리도 없었다.

다만 산산이 부서진 좀비만 가득했을 뿐이었다.

물론 시체 썩은 내가 진동했고 말이다.

"아이린 솜씨가… 장난 아닌가 봐."

진운이 나직하게 말하자,

─그런 것 같아.

아무리 저격에 재능과 소질이 있다고 해도 이건 생각 이상이었던 것이다.

거기다 체이탁은 다섯 발짜리 탄창이 전부였다.

거기다 단발식 저격총이었다.

진운과 레이나, 베이스퍼가 공장 안으로 들어가서 나오기까지 아무리 오래 걸려도 30분 이상 걸리지 않았는데 그 사이에 공장을 가득 채우고 있던 좀비가 모조리 고기 조각으로 변해 버렸으니 말이다.

더욱이 공장 입구를 넘어선 좀비조차 단 한 마리도 없다는 것이 더욱 놀라웠다.

"우선 벗어나자."

진운이 가볍게 말하자 시체 썩은 냄새에 얼굴을 찌푸리던 베이스퍼가 가장 먼저 공장을 벗어났고 레이나도 뒤따랐다.

마지막으로 진운이 공장 밖으로 나오더니 곧 따라가지 않고 몸을 돌려 좀비 공장을 한 번 쳐다보고는,

"이런 것을 남겨두는 것은 죄짓는 거겠지."

말이 끝나는 것과 동시에 레이나를 보면서,

"레이나."

─응?

“활 좀 빌려주겠어?”

―활? 엘프의 활 말이야?

“응”

뜬금없이 진운이 엘프의 활을 빌려달라고 하자 레이나는
당황하면서,

―이건 엘프만 사용할 수 있어, 진운은 아마 쓰지 못할
거야.

세계수의 가지로 만든 엘프의 활은 전통적으로 엘프 외
에는 사용할 수 없다고 알려져 있었기에 그렇게 말했지만
진운은 그저 웃으면서,

“그냥 쓸 수 있을 것 같아서 그래, 안 되면 돌려주면 되
지.”

―그야 그렇지만…….

웃으면서 빌려달라는 데 마냥 거절하기 그랬던 레이나가
활을 꺼내 진운에게 내밀자 덥썩 받는 진운이었다.

“아마 이렇게 사용하는 거였지?”

잠깐 엘프의 활을 잡고 시위를 튕기듯 손가락으로 건드
려 보던 진운은 곧바로 활을 몇 번 흔들자 놀랍게도 레이나
가 했던 것처럼 장궁이 줄어들더니 단궁에 가까울 만큼 작
아져 버렸다.

―헉, 어떻게 엘프의 활이…….

엘프 외에는 그 어떤 종족도 사용할 수 없다고 알려진 엘프의 활이었다.

그런데 진운은 아무렇지 않게 장궁을 단궁으로 바꿔 버린 것이다.

거기다 활시위를 잡고 힘껏 당기기까지 했다.

휘리리릭!!!

역시나 진운이 끝까지 시위를 당기자 레이나가 썼던 것처럼 주변의 바람이 모여들더니 회오리를 만들었고 곧 커다란 바람의 화살이 만들어졌다.

다만 그 크기가 레이나가 테칸의 죽일 때 만들었던 것과는 비교도 할 수 없을 만큼 크고 두꺼운 바람의 화살이었다.

"이 정도면 되려나?"

처음 써보는 엘프의 활이기에 진운은 그냥 적당히 되었겠지? 하는 생각에 아무렇지 않게 활의 시위를 놓자,

퉁~

주변의 놀라움과 달리 너무나 작은 소리와 함께 바람의 화살이 하늘로 사라져 버렸다.

"잘 썼어."

그러고는 미련없이 레이나에게 활을 넘겨주는 진운이었다.

—진운, 어떻게 활을 사용할 수 있는 거야……?

아직도 진운이 엘프의 활을 썼다는 것이 믿어지지 않는 지 레이나가 되물어보았지만 진운은 그저 웃으면서,

"몰라, 그냥 막연히 될 것 같아서 해봤는데 정말 되네."

—…….

본인이 모른다는데 누가 뭐라고 하겠는가.

별수없이 진운이 이끄는 대로 이동을 시작한 레이나는 뒤따라가면서 진운의 등을 바라보았다.

그 무렵, 구름에 가려졌던 달빛이 진운을 비추기 시작하고, 이내 진운의 목 주변이 유난히 붉은 것이 눈에 들어왔다.

—진운.

"응?"

나무 위로 이동하면서 레이나가 부르자 이동하는 그대로 고개만 돌려 레이나를 바라보는 진운이었다.

—역시나… 그 피 누구 거야?

고개를 돌린 진운의 목 언저리를 시작해 피가 흘러내린 흔적이 선명하게 남아 있자 레이나가 물어본 것인데 진운은 별거 아니라는 듯,

"내 거야. 하지만 걱정 마, 이제 괜찮으니까."

—알았어…….

너무나 멀쩡한 모습으로 돌아왔으니 우선 나중에 물어보기로 한 레이나가 거의 공장에 처음 도착했을 때 위치로 돌아 왔을 무렵,

콰콰쾅!!!!!

꽝!!!

—!!!!

느닷없이 뒤에서 엄청난 소리와 함께 강한 바람이 등을 떠미는 바람에 자칫 발을 잘못 디딜 뻔한 레이나가 겨우 중심을 잡고 멈춰 뒤를 돌아보자,

—…말도 안 돼…….

방금 전에만 해도 좀비들의 시체가 우글거리던 좀비 공장이 흔적도 없이 사라져 버렸다.

그것도 시커먼 구덩이와 함께 말이다.

테칸을 죽일 때 레이나도 주변의 마나를 끌어오면서 여러 발을 쏘고 나서야 거의 폭격처럼 해서 처리했는데, 진운은 겨우 한 발의 바람의 화살로 통째로 땅속으로 묻어버린 것이다.

공장 크기보다 훨씬 큰 구덩이의 크기와 짧게 들렸던 충격음을 보면 레이나와 달리 그냥 통째로 바람의 화살이 떨어졌다는 것을 충분히 알 수 있었다.

물론 인간이 엘프의 활을 썼다는 것도 놀라운데, 자신보

다 더 능숙하게 바람의 화살을 사용했다는 것은 충격을 넘어버렸다.

그리고 아이린과 만나서 약속 장소로 모이기로 한 것과 달리 처음 머물렀던 호텔로 다시 돌아온 진운은 모두를 앞에 두고,

"이제 끝났어요."

"……??"

—…….

"……???"

"…끝나다니 뭐가요?"

다들 놀라서 진운만 쳐다보고 있는 반면 레이나는 뭔가 아는 듯 조용한 표정이고 아이린만 입을 열어 물어보자,

"일루미나티를 만들었던 녀석이 죽었거든요."

"헉!!"

"…사실입니까?"

"…정말요?

너무나 놀라서 두 눈을 부릅뜬 베이스퍼와 달리 아이린과 본은 얼굴에 환한 미소를 지었다.

어차피 이번 싸움에서 아이린과 본은 그냥 협력자였을 뿐이었으니 말이다.

하지만 수십 년 동안 쫓고 쫓기는 싸움을 해온 베이스퍼

는 도저히 믿을 수 없다는 듯한 표정이었다.

놀라는 베이스퍼를 돌아보면서 진운은,

"물론 일루미나티가 해체되었다는 것은 아니에요. 하지만 일루미나티의 힘이 지금보다 약화될 건 분명합니다."

바벨의 탑에 대해서 말할 수 없기에 대충 두루뭉술하게 진운이 말했지만 베이스퍼는 그걸 거짓말로 듣지 않는 듯했다.

갑자기 사라졌다가 나타났는데 무력이 몇 배나 늘어난 것이 가장 베이스퍼의 마음에 걸리기도 했지만, 진운이 그런 걸로 농담할 성격도 아니라는 것을 알고 있으니 말이다.

다만 쉽게 믿어지지 않을 뿐이었다.

"정 그러시면 시리에게 물어보세요."

진운이 쉽게 믿어지지 않는 표정으로 있는 베이스퍼에게 말하자,

"알겠네."

예의가 아닌 것은 알지만, 도무지 쉽게 믿어지지 않기에 시계를 들어 잠시 시리와 통화를 한 베이스퍼는 잠시 뒤 뭔가 허탈한 표정으로 다시 돌아왔다.

"사실이더군."

"전 거짓말한 적이 없으니까요."

"하지만… 쉽게 믿을 수 없는 것도 마찬가지네."

　베이스퍼의 마음을 진운이 어찌 모르겠는가. 진운 자신과 달리 베이스퍼는 수십 년을 싸웠던 녀석들이었다.

　물론 일루미나티가 해체된 것은 아니다.

　하지만 지금까지처럼 초인적인 능력을 지닌 녀석들이 활개치고 다니진 못할 것이다.

　그런 능력을 가질 수 있게 해주던 이브가 죽어버렸으니 말이다.

Chapter 09
꽃 피는 봄

“진운…….”

아이린이 조용히 호텔이 마련된 공원을 산책하는 진운에게 다가오면서 불러 고개를 돌려보니 편한 옷으로 입은 아이린이 질끈 묶은 머리카락과 함께 뭔가 할 말이 있는 듯한 표정으로 다가왔다.

“저기…….”

“말해봐.”

눈치를 제법 보는 아이린의 모습에 진운이 웃으면서,

“언제 대륙으로 갈 건지 알고 싶은 거지?”

자신이 하고 싶은 말을 정확하게 꼬집어 말하자 크게 고
개를 끄덕인 아이린이었다.

"곧 갈 거야. 우선 아저씨 댁에 맡긴 리엘도 데리고 와야
하고, 아저씨한테 인사도 해야 하니까 말야."

"정말 가시는 거죠?"

아이린이 환하게 웃으면서 되물어보자,

"걱정하지 마. 레이나와 같이 엘프 마을에 가서 청혼도
해야 하는데 안 갈 수가 없거든."

"어머~"

진운이 레이나에게 청혼한다는 말을 하자 살짝 얼굴이
붉어진 아이린이었다.

그런데 그런 아이린의 모습에 진운은 장난을 치고 싶었
는지,

"그나저나 아이린은 본과 언제 결혼할 거야?"

"헙!!!"

그저 진운은 장난으로 한 말이었는데 순식간에 얼굴은
물론 귀까지 붉어진 아이린이 허둥대기 시작하는 게 아닌
가.

농담으로 한 말에 너무나 강한 반응으로 보이자,

'호오~ 아이린이 본을 좋아한다는 거네?'

뜻밖에도 아이린이 본을 좋아하는 것을 알게 된 것이다.

“저 그게… 본 경은… 저의 기사고, 전 몰락 귀족일 뿐이
고… 그리고 나이도 차이가 많고… 그래서…….”

횡설수설하기 시작한 아이린을 보고는 진운이 손을 뻗어
당황하는 아이린의 머리를 슬며시 쓰다듬으면서 말했다.

“레이나와 난 300살 넘게 차이 나.”

“…….”

순간 진운의 말에 할 말을 잃어버린 듯한 아이린은 멍하
니 진운만 보다가,

“푸훗~!!”

웃음을 터뜨려 버렸다.

“왜 웃어?”

“아니, 엘프와 인간이 결혼하는데 당연히 그 정도 차이가
나는 거죠. 엘프의 나이를 인간의 나이와 비슷하게 계산하
면 레이나 언니는 이제 스물네 살 정도예요.”

아이린이 뭘 그런 걸 가지고 말하느냐는 듯 핀잔을 주자
진운은 오히려 동그랗게 눈을 뜨고 아이린을 보면서,

“그거야 인간의 기준으로 계산하면 그렇지만 실제로는
아니잖아. 안 그래?”

“뭐, 그야… 그렇죠.”

확실히 인간의 기준으로 계산했을 때 레이나의 나이가
스물네 살 정도이긴 했다.

　하지만 현실은 300년 넘게 살아온 레이나였고, 진운은 이제 이십대 후반으로 넘어가는 나이일 뿐이었다.

　아마 지구와 대륙을 통틀어 나이 차이가 나는 커플을 따진다면 진운과 레이나는 부동의 1위일 것이다.

　"그러니까 나이 차이는 숫자에 불과할 뿐이야. 안 그래?"

　"……."

　다시 진운이 슬쩍 자신과 본을 끄집어내자 입을 다물어버리는 아이린이었다.

　대륙의 기본 관념으로 보면 귀족의 영애와 수행기사가 결혼하는 경우가 흔하진 않지만 아주 없지도 않았다.

　하지만 진운도 대충 눈치는 채고 있지만 아이린은 현재 몰락 귀족이었다.

　반면 본은 한 팔을 잃긴 했지만 그 대가로 인해 좌수검을 익혔다.

　물론 검술은 좌수검이지만 실제로는 오른손으로 쓰고 있었다. 그러나 그런 것이 무색할 만큼 빠르게 마스터에 오른 강자였다.

　진운으로 인해 대륙의 마스터가 네 명으로 줄어들었지만 본이 다시 마스터가 되면서 대륙의 마스터는 예전과 같은 다섯 명의 마스터가 되어버린 것이다.

　몰락 귀족 영애, 아니, 몰락한 귀족의 여자와 마스터에 오른 기사는 상식적으로 생각해 봐도 그 차이가 하늘과 땅이었다.

물론 본이 아이린의 기사로 있긴 했지만 사실 아이린은 본이 원한다면 언제든지 떠나보낼 생각을 가지고 있었다.

자신의 가문을 다시 재건하겠다고 본을 이용하기에는 그동안 그에게 받은 것이 너무나 많았기도 했지만 더 이상 염치가 없기도 했으니 말이다.

하지만 남녀 사이라는 게 본래 그 누구도 예상할 수 없는 것이었다.

그동안 중국에서 붙어 지내면서 알게 모르게 본과 아이린 사이에 썸씽이 생긴 것이다.

다만 아이린이 본에 비해서 초라해졌기에 그저 혼자 속으로 고생하고 있을 뿐이었다.

그러다 우연히 진운의 장난에 아이린이 순진하게 걸려들어 버렸고, 이제 아이린이 본을 좋아한다는 것을 진운도 알아버렸다.

"자신이 몰락 귀족이라는 것이 그렇게 부끄러워?"

"……!"

진운이 핵심을 콕 집어서 말하자 아이린은 진운을 똑바로 쳐다보다가 고개를 힘차게 저으면서,

"아니요, 배덕자에게 가문을 넘길 바에 스스로 부숴 버리

겠다고 결심한 건 저예요. 전혀 부끄럽지 않아요."

당당하게 말하는 아이린의 모습에 진운은 웃으면서,

"그럼 상관없잖아. 본도 너 좋아하는데 너도 본을 좋아하면 그냥 끝난 거 아니야?"

"…본, 본 경이… 저를 좋아… 해요……??"

진운의 입에서 나온 말에 다시 얼굴이 붉어진 아이린이 어쩔 줄 몰라 하자 진운은 재미있다는 듯 입가에 미소를 지으면서,

"남자는 좋아하지도 않는 여자를 위해서 자신의 모든 것을 걸지 않아, 그건 내가 장담해."

"그, 그게, 무슨… 말이에요……."

진운의 말에 더 당황하기 시작한 아이린이었다.

"가문을 버린 몰락 귀족의 영애를 위해 자신의 모든 것을 걸고 뛰어든다. 과연 그게 사랑하지 않는 남자가 할 짓일까? 아무리 충성심이 강하다고 해도 본의 경우는 좀 심했지. 안 그래?"

진운이 조리있게 말하자 아이린도 슬슬 진운의 말에 넘어오는 듯했다.

그런데 그때 슬쩍 진운이 고개를 뒤로 돌리면서,

"그렇게 생각하지 않나? 본 경도."

부스럭~

벌떡!

"헛!!!"

진운이 웃으면서 뒤쪽에 어쩌다 숨어 있는 본을 향해 말
하자 그말에 놀란 본이 자신도 모르게 벌떡 일어서 버린 것
이다.

"본 경······."

"아가씨··· 그게··· 고의가 아니라······."

확실히 일부러는 아니었다.

본도 아이린이 없자 걱정되는 마음에 찾아 나섰으니 말
이다.

그러다가 진운과 이야기하는 것을 보고 안심하고 돌아서
려는 순간 진운이 장난스럽게 한 말을 들어버린 것이다.

'아가씨가··· 나를······?'

이미 본은 처음 아이린을 보는 순간 마음에 품은 상태였
다.

다만 상대는 대백작 가문의 영애였고, 자신은 그저 수행
기사였을 뿐이었기에 그저 가슴에만 품었을 뿐이지만 말이
다.

사실 본이 배덕자에게 쫓기면서도 진운에게 매달려서라
도 아이린을 보호하고 싶었던 것은 사랑하는 사람이 어떻
게든 살아만 있어주길 바라는 마음일지도 몰랐다.

그런데 최근 들어 아이린이 자신을 살짝 멀리하는 것 같아서 남몰래 가슴 아파했던 본은 자신을 좋아한다는 진운의 말에 그러면 안 된다는 것을 알면서도 자신도 모르게 진운과 아이린이 있는 곳으로 다가갔던 것이다.

물론 아무리 마스터라도 진운의 감각을 속이는 것은 애초에 불가능했으니 진즉에 진운은 본이 뒤에 있다는 것을 알고 있었다.

그리고 서로 좋아하는 것이 뻔히 보이는 진운은 이왕 이렇게 된 거 서로 솔직하게 감정이라도 나눠보라고 일부러 꼬드긴 것이다.

"나머지는 두 사람이 알아서 해. 난 이만. 방해꾼이라서~"

장난스럽게 말을 남기고 조용히 사라진 진운은 입가에 미소가 그려지고 있었고, 남겨진 아이린은 어쩔 줄 몰라 몸을 꽈배기처럼 비틀고 있었다.

그런데 진운이 사라지자마자 갑자기 아이린 곁으로 다가선 본이,

덥썩!

"헉!!"

아이린을 냅다 안아버렸다.

"본 경, 이게… 무슨……."

순간 당황해서 머릿속이 하얗게 변한 아이린이 뭐라고
말을 하는데 본인도 무슨 말을 하는지 모르고 있는 듯했다.

하지만 본도 뭔가 결심을 했다는 듯 굳은 표정으로,

"아가씨… 저와 결혼해 주십시오!"

"허억!!!"

본의 말이 떨어지자마자 아이린의 머릿속에는 오직 한
단어만 계속 맴돌게 되어버렸다.

'결혼… 결혼… 결혼… 결혼……'

사실 대륙의 풍습으로 보면 아이린은 결혼하기 딱 좋은
나이었다.

초경이 시작하면 바로 결혼할 만큼 조혼이 당연하게 받
아들여지는 대륙에서 열여덟 살이나 먹은 아이린은 늦지도
그렇다고 빠르지도 않은 나이인 것이다.

반면 본은 곧 서른 살이 되어가는 나이었다.

다만 마스터에 오르면서 젊어지는 바람에 보기에는 이십
대 초반으로 보일 뿐이지만 말이다.

대충 열두 살의 나이 차이였다.

하지만 아이린은 그런 것은 이미 그녀의 머릿속에 사라
지고 없었다.

오로지 '결혼'이라는 단어만 맴돌 뿐이었다.

"비록… 팔이 하나 없지만, 어떻게든 아가씨만큼은 지키

겠습니다."

아이린이 몰락 귀족이라는 신분에 걱정하고 있었다면 본은 자신이 팔이 하나 없는 외팔이라는 사실에 걱정하고 있었던 것이다.

그냥 혼자만의 자격지심일지 모르지만, 본은 팔병신이 자신이 모시던 귀족가의 영애를 어떻게 사랑한다고 말하겠냐고 혼자 끙끙 앓고 있었다.

반대로 아이린은 이제 몰락해서 가진 것은 그저 몸 하나뿐인 자신이 마스터에 올라 대륙에서 어디를 가도 기본 공작의 작위를 받을 수 있는 본을 좋아한다는 것을 차마 말할 수 없기에 혼자 끙끙 앓고 있었다.

그러다 진운 덕분에 본이 그냥 냅다 저질러 버린 것이다.

용기있는 자가 미인을 차지한다고 했던가?

그런 면에서는 확실히 아이린은 대륙에서도 소문난 미인이긴 했다.

Chapter
10
돌아가자

　―일부러 그런 거지?

　제법 멀리 떨어진 곳에 다시 자리 잡고 앉아 있는 진운의 곁으로 다가온 레이나가 옆에 앉으면서 슬그머니 물어보자,

　"뭘?"

　일부러 모른 척하면서 고개를 돌려 버리는 진운이었다.

　―아이린과 본 경이 서로 좋아하고 있다는 건 아마 당사자들만 몰랐지, 주위에서는 다 알고 있었잖아. 안 그래?

　"후후후훗……."

레이나의 말에 진운은 그저 웃으면서,

"나도 마찬가지였잖아."

—…….

나직한 진운의 말에 레이나는 말없이 진운만 바라봤다.

"아마 나와 레이나만 빼고 우리 두 사람이 서로 좋아하고 있다는 것을 다 알고 있었을걸? 전에 아저씨가 한 말이 있지? 언제 결혼할 거냐고. 아마 주위에서 보면 이미 우린 부부나 마찬가지였을지도 몰라."

—…하긴. 묘하긴 했어, 우리는.

레이나도 진운의 말에 인정할 수밖에 없었다.

첫 만남부터 살짝 어긋난 것 같았는데 결과적으로는 마치 운명처럼 사랑하게 되었으니 말이다.

—이번에 대륙으로 넘어가면 지구로 돌아오지 않을 거야?

레이나는 진운을 보면서 자신이 느낀 것을 물어보자 가만히 레이나의 눈동자를 쳐다보던 진운이 말없이 한 번 웃더니,

"대동그룹에 김현중 회장이… 왜 지구를 떠났는지 그냥 이해가 될 것 같아……."

—응?

뜬금없이 김현중의 이름이 나오자 고개를 갸웃거린 레이

나였다.

"지금 이곳에 있기에 난… 너무 강해…….."

—그야 전부터 그랬잖아.

확실히 개인적인 무력으로 보면 전부터 강하긴 했다.

하지만 이제 그 수준이 완전히 달라져 버렸기에 진운은 김현중의 심정이 이해가 되는 것이다.

너무 강한 것은 어떻게든지 다른 강한 것을 불러들이게 마련이다.

마치 자석처럼 말이다.

진운도 이런 자신의 운명을 스스로 원하진 않았다.

아마 진운이 생각할 때 김현중도 그런 자신의 운명을 원하지 않았을 것이다.

진운은 그저 살아남기 위해 발버둥 쳤을 뿐이고, 부모님의 원수를 갚기 위해 싸웠을 뿐이었다.

하지만 결과적으로 운명은 이렇게 되도록 만들어져 있었다는 것을 알았을 때 그 허탈감과 끌어 오르는 분노는 쉽게 사그라질 것 같지 않은 것이다.

그래서 생각한 것이 지구를 떠나는 것이었다.

차원 이동의 능력을 가진 진짜 게티아도 가지고 있었다.

거기다 마신도 거의 봉인을 해서 얼마든지 힘을 끌어내 쓸 수도 있었다.

　더욱이 레이나에게 청혼하기 위해서라도 엘프의 마을로
가야만 하는 이유와 함께 아이린과 약속했던 것도 이뤄야
하는 마당에 고민할 필요가 없는 것이다.
　다만 마음에 걸리는 것은 소지훈과 김미영 그리고 다슬
이었다.
　입양이 된 마당에 다슬이를 부를 때 성을 붙이지 않는 것
은 소다슬이라는 이상한 이름이 되기에 가능하면 진운도
그냥 이름만 부르는 편이었다.
　부모님이 모두 죽은 마당에 가족 같은 사람들이었다.
　형 같기도 하고 누나 같기도 한 사람들이었지만, 나이가
들면 독립해야 하는 것이다.
　그게 맞는 세상의 이치였다.
　언제까지 가족을 품에 안고 살 수도 없는 법이었다.
　나이가 차서 자란 자식을 떠나보내야 하는 것이 부모의
임무라면 알아서 품을 벗어나는 것도 자식의 도리인 것이
다.
　―괜찮겠어? 이곳에 가족을 남겨두고 대륙으로 가도 말
야.
　레이나는 아마 이번에 대륙으로 가면 웬만해서는 다시
지구로 돌아오지 않을 것을 느낌으로 알아채고 물어보자,
　"나도 이제 독립할 나이잖아. 그리고 그냥 가는 것도 아

니고 결혼하러 가는 건데 후후훗, 뭐 어때?"

─…뭐 그렇긴 한데…….

진운의 말이 틀린 것도 없기에 레이나는 고개를 끄덕였다.

"그리고 난 대륙에서 해야 할 일이 많을 것 같아."

─응? 해야 할 일이 많다니?

뜬금없이 뭔가 일이 많다는 진운의 말에 레이나가 고개를 갸웃거리자,

"그냥 그런 느낌이 들어."

─설마 왕국이라도… 아니, 진운이면 제국이라도 하나 세우려고?

진운이 마음만 먹으면 제국이 문제랴? 대륙 처음으로 통일제국이 생길 수도 있었다.

물론 진운이 손을 떼는 순간 모래성처럼 무너지겠지만 말이다.

"음……. 그래 볼까?"

장난스럽게 레이나의 말을 받아주는 진운이었지만 그냥 하는 말인 것을 레이나가 모를 리가 없었다.

─농담도 참.

"후후훗, 그보다 이제 가볼까?"

그동안 좀 쉬면서 시리가 뭔가 정리할 것이 있으니 쉬고

있으라는 말에 빌헬름스하펜에서 그냥 여행 온 것처럼 며
칠 동안 쉬었던 일행이었다.

베이스퍼는 진즉에 할 일이 있다면서 떠난 상태였고 말
이다.

─결심이 완전히 섰구나.

레이나도 그동안 진운이 공원을 산책하면서 혼자 고민하
는 것을 알고 있었지만, 오로지 스스로 결정해야 되기에 일
부러 모른 척하고 있었던 것이다.

하지만 진운이 돌아간다고 말을 하는 것을 보니 완전히
결심이 섰다는 것을 느낄 수 있었다.

"리엘 데리고 돌아가자, 대륙으로."

─알았어.

그리고 곧바로 일어선 진운은 체크아웃을 하고는 슬그머
니 손을 잡고 서 있는 아이린과 본을 보면서 미소를 보였
다.

"가까이 와."

"네?"

"알겠습니다, 진운님!"

아이린이 화들짝 놀라는 반면 본은 부드럽게 아이린을
이끌어 진운의 곁으로 다가왔다.

"좋을 때다~"

슬쩍 놀릴 생각으로 진운이 한마디 하자,

화악~

얼굴이 붉어지는 아이린과 달리 본은 똑바로 진운을 보면서,

"이제 시작입니다, 진운님."

당당하게 말했다.

"오~ 역시 기사는 달라~"

진운도 능청스럽게 받아들이고는 게티아의 힘을 끌어내자,

스윽~

허공에 녹아들 듯 사라져 버린 진운 일행이었다.

Chapter 11
안녕히~

"내가 만나야 해?"

―응.

독일에서 돌아오자마자 곧바로 진운은 선물받은 기름 먹는 괴물을 끌고 가서 리엘을 데리고 돌아왔다.

물론 시리에게 선물받은 멕라렌을 소지훈에게 주고 와버렸다.

어차피 대륙에 가면 차 탈 일도 없지만 기름을 먹어대는 괴물을 타고 다닐 생각도 없기에 소지훈에게 이별 선물로 줘버린 것이다.

물론 소지훈은 감격에 겨워서 하루 종일 세차만 했다는
후문이 있긴 했지만 말이다.

시리에게 줘버렸다고 하자 그냥 가볍게 웃으면서 고개만
끄덕였기에 곧바로 진운의 머릿속에서 지워져 버린 비운의
멕라렌이었다.

그런데 떠날 준비를 마무리하는 와중에 레이나가 진운을
찾아오더니 꼭 만나야 하는 사람이 있다고 한 것이다.

그 사람이 국민 여동생으로 불리는 아영이라는 것이 조
금 문제였다.

"왜 내가 만나서 사과해야 하는 건데?"

진운은 자신이 떠나는 마당에 왜 아영에게 사과해야 하
는지 모르겠다는 듯 레이나에게 투덜거리자,

—남자는 자신이 뿌린 씨앗도 책임져야 하는 거야.

"잉? 씨, 씨, 씨앗이라니… 무슨 말이야!!!"

순간 씨앗이라는 말을 조금 음흉하게 해석한 진운이 당
황하면서 벌떡 일어나 불같이 화를 내버렸다.

당연히 이렇게 흥분하는 이유는 바로 아영과는 그저 아
는 사이, 친구 그 이상도, 그 이하도 아니었으니 말이다.

거기다 씨앗이라는 이상한 말이 레이나의 입에서 나왔다
는 것에 더욱 화를 내는 진운이었다.

—흥분하지 말고 내 말 들어. 아영 씨가 진운을 좋아해.

“그래서… 그게 왜……?”

사실 진운도 아영이 자신을 좋아하고 있다는 것은 어렴풋이 알고 있었다.

다만 상황이 그 누구도 사귈 수 없었고, 아영에게는 그저 아는 친구 이상의 감정이 없었기에 모른 체했을 뿐이었다.

그런데 가서 사과하라니? 그건 좀 아니라는 생각이 들어서 지금 계속 투덜거리는 것이다.

누군가 좋아하는 감정을 가지고 있는 것만으로 사과해야 한다면 레이나는 아마 수천 명이 넘을 것이니 말이다.

―내가 진운을 좋아하는 것을 허락했으니까. 하지만 진운이 나를 선택했으니까 사과하는 게 맞아.

“허얼…….”

졸지에 양다리 걸친 것 같은 기분이 드는 진운이었다.

―왜, 기분 나빠?

레이나는 자신이 뭘 잘못했는지도 전혀 모르고 있는 듯했다.

그리고 그게 더욱 진운을 화나게 하는 이유이기도 했다.

“레이나, 사람의 감정은 누군가의 허락을 받고 안 받고의 문제가 아니야. 그리고 사랑하는 감정은 가졌다는 것만으로 사과를 하는 것도 아니고.”

―…왜? 내가 진운을 좋아하는 것을 허락했었어. 하지만 진운이 날 선택했으니 진운이 가서 아영 씨에게 사과하는 게 잘못된 거야?

“……”

도무지 이해를 하지 못하는 레이나였다.

하긴 인간의 감정에 대해서 설명하는 것이 결코 쉬운 것이 아니었으니 말이다.

더욱이 그게 사랑이라는 감정이라면 설명 자체가 불가능한 거나 마찬가지였다.

엘프인 레이나가 전혀 이해를 하지 못하고 있다는 것이 문제라면 문제일 것이다.

논리적으로는 레이나 입장에서 진운이 사과하는 것이 틀린 것도, 그렇다고 맞는 것도 아니긴 했다.

다만, 진운 입장에서는 자다가 날벼락 맞는 상황이라는 것이고 말이다.

이 화제로 벌써 한 시간째 진운과 레이나가 다투고 있다는 것이 가장 핵심적인 문제이기도 했다.

“레이나 언니.”

결국 보다 못한 아이린이 중간에 끼어들어서 레이나를 데리고 슬쩍 다른 방으로 가더니 한참 뒤에 나왔다.

그리고 진운에게 다가온 레이나가,

─미안해, 진운. 난 그런 것도 모르고… 그냥… 내 입장만 생각했어.

"응? 아니야, 뭐 그런 걸로……."

자신이 말할 때는 전혀 소용없던 것이 아이린이 데리고 가서 잠시 이야기하고 나자 순식간에 수긍해 버린 것이다.

도무지 무슨 말을 했는지 모르지만 뭐 레이나가 사과했으니 그걸로 만족하는 진운이었다.

─이제 갈 건가요?

대동그룹의 본사 건물 옥상에 올라온 진운과 레이나, 그리고 아이린과 본, 마지막으로 리엘까지 다섯 명이 모여 있었고 배웅하듯 시리가 맞은편에 있었다.

"가야죠. 해야 할 일도 있고 약속한 것도 있으니까요."

진운은 지구를 떠나 대륙으로 간다는 것이 오히려 편안한 듯 표정이 부드러웠다.

─현중 주인님도 그랬지만, 역시나 진운 씨도 떠나는군요.

시리는 아마 이렇게 될 것이라는 것을 예상한 듯한 표정이었다.

어쩌면 김현중으로부터 무언가 언질을 받았을 수도 있고 말이다.

"고마웠어요, 그동안."

진운이 다가와 손을 내밀자,

씨익~

시리는 웃으면서 진운의 손을 맞잡았다.

─아, 그리고 부탁한 거 이거예요.

진운과 악수를 끝낸 시리가 바로 옆에 아이린에게 다가가더니 작은 가방 하나를 건네주는 것이다.

생긴 것은 허리에 착용하는 힙색 같았는데 아이린의 표정이 급격하게 밝아지는 것을 보니 뭔가 대단한 것인 듯했다.

물론 뭐, 크게 관심도 없었던 진운은 가볍게 지나치고는 시리의 배웅을 받으면서 차원의 문을 열고는 곧바로 뛰어들어 버렸다.

그렇게 지구를 떠나 버린 진운과 그 일행을 보던 시리는 자조적인 미소를 보이면서,

─뭐, 어차피 이곳 지구는 내가 담당이었으니……. 한동안 심심하겠네. 다음에는 누가 올라나?

그 말을 끝으로 시리도 허공에 녹아들듯 사라져 버렸다.

Chapter
12
청혼하러 가자

"공기 조~타!!"

차원의 틈을 통과해서 도착하자마자 진운이 가장 먼저 한 말이었다.

─역시 고향이 좋구나 ~

레이나도 한껏 웃으면서 대륙으로 돌아왔다는 것을 실감하는 듯했다.

하지만 리엘은 슬그머니 진운의 곁으로 다가와서는 주변의 눈치를 살피기 시작했다.

"왜? 걱정되니?"

본래 대륙에서 노예였던 리엘이기에 알게 모르게 다시 돌아오자 본능적으로 불안한 것이다.

하지만 리엘 본인이 자각하지 못하고 있을 뿐이지, 현재 리엘은 누가 봐도 그냥 소녀였다.

노예라는 흔적을 찾아볼 수 없을 만큼 말이다.

레이나가 직접 노예의 인장도 지워 버렸으니 그 누구도 리엘이 노예라는 것을 알지 못할 것이다.

"그보다 아이린과 본은 이제 어쩔 거야?"

본이 마스터에 올랐으니 딱히 진운의 보호가 필요하진 않았다.

그리고 아까부터 러블리한 향기를 계속 뿌려대고 있는 커플이 눈꼴시려워서 이제 찢어지자는 듯 진운이 물어봤지만,

"진운님을 따라갈 생각입니다."

본은 1초의 망설임도 없이 대답했다.

그리고 아이린도 망설임없이,

"제 가문이 다시 일어날 때까지 저를 보호해 주신다면서요? 당연히 따라가야죠."

"…쩝."

정말 쓸데없는 약속은 절대로 하지 말아야 한다는 생각을 뇌리에 각인시키는 진운이었다.

물론 인연이긴 했지만 말이다.

거기다 아이린과 본 덕분에 소지훈과 김미영이 그동안 살아 있었던 것도 있었으니 들러붙는 저 거머리 커플이 싫진 않았다.

다만 늦게 배운 도둑질에 날 샐 줄 모른다고, 저놈에 러블리 향기를 시도 때도 없이 풍겨대는 커플이 거슬릴 뿐이었으니 말이다.

"그런데 또 걸어가야 되나."

대륙에서는 공간 이동이 불가능했기에 진운은 끝없이 걸어서 북쪽으로 가야 한다는 것에 벌써부터 한숨이 나왔다.

평범한 리엘과 아이린이 있다 보니 자신들의 능력대로 속도를 내다보면 가장 먼저 나가떨어질 녀석들이라 그러지도 못했으니 말이다.

마신을 거의 다 봉인해서 무한한 능력이 있으면 뭐하는가. 공간 이동을 쓸 수가 없는데 말이다.

―아~!

진운이 걸어가야 한다는 것에 투덜거리자 레이나는 뭔가 생각 난 듯 자신의 아공간을 열었다.

그것도 아주 크게 말이다.

그러고는 무언가 꺼냈는데 진운에게는 낯익은 물건이었다.

"이거… 인공위성 아니야?"

―응, 맞아.

"헐……. 이게 왜 레이나 아공간 속에 있는 거야?"

레이나의 아공간에서 나올 물건이 아니기에 놀라서 물어보자,

―시리 씨에게 하나 받았어. 감시위성이야 물론 관측 기능도 있는 건 당연하고 말야.

"…그냥 줘?"

인공위성이 한두 푼 하는 게 아닌 물건이다 보니 이걸 시리가 줬다는 것에 진운이 황당해하자 옆에 있던 아이린이 웃으면서 진운에게 다가오더니 이곳에 오기 전에 시리에게 받았던 힙색을 보여주었다.

"이건 왜?"

"이거 마법 배낭이에요."

"마법 배낭?"

"네, 이 작은 가방 속에 제 체이탁과 체이탁 전용 체이탁탄이 만 발 정도 들어 있거든요."

"……."

레이나의 인공위성보다 오히려 진운에게는 아이린이 체이탁과 체이탁 전용탄을 만 발이나 가져왔다는 게 더 황당했다.

"여기서 무슨 전쟁할 일 있냐?"

아이린의 저격 실력에, 체이탁의 성능이 합쳐지면 아마 대륙에서 마스터 할아비라도 비명횡사할 수 있었다.

지구에서도 체이탁이 저격수 잡는 저격총이라는 별명이 있는데 대륙에서는 그 성능은 웬만한 핵무기 버금갈 테니 말이다.

2킬로미터 밖에서 하는 저격을 무슨 수로 막겠는가.

거기다 체이탁탄은 분열탄이기에 빗맞아도 최소한 팔다리 박살 난 장애인이 되는 것은 기본이었다.

"배덕자만큼은 제 손으로 처리할 거예요."

다시 고향으로 돌아오자 의욕이 불타는지 아이린의 눈빛이 제법 매섭게 변해 있었다.

떠날 때는 그저 힘없는 몰락 귀족의 영애일 뿐이었다면, 지금 돌아온 아이린은 무시무시한 저격총을 가지고 있는 침묵의 암살자나 마찬가지였으니 말이다.

거기다 옆에서 지켜줄 마스터에 오른 본까지 있으니 당연히 의욕이 불타오를 수밖에 없었다.

―진운.

"응?"

아이린에 놀라고 있는 진운을 부른 레이나가 인공위성을 가리키면서,

─이걸 하늘 위로 올리는 것은 진운만 할 수 있어.

"…인공위성이라……."

사실 있으면 확실히 편하긴 했다.

거기다 일반적으로 5년에서 15년이 한계인 인공위성과 달리 시리가 준 감시, 관측 위성은 마법이 적용되어 있기에 사실상 반영구적이라고 할 수 있는 대단한 물건이었으니 진운도 욕심이 날 수밖에 없었다.

"어차피 눈에 보이는 곳은 공간 이동이 가능하니까."

블링크처럼 눈에 보이는 곳은 얼마든지 공간 이동이 가능하게 된 진운은 마치 계단을 걸어 올라가듯 중력이 멈추는 지점까지 올라갈 생각을 하고는,

"레이나."

─응?

"실드 마법 외에 공기가 없고 중력이 없는 곳에서도 어느 정도 버틸 수 있는 거 없을까? 내 몸을 다 감싸주고서 말야."

아무리 진운이라도 그곳에서 최저 온도까지 떨어지는 추위와 공기가 없는 것은 신경 쓰였기에 물어보자,

─간단해.

그러고는 진운을 향해 양손을 끌어 올린 레이나는 평범하게 실드 마법을 걸어주기 시작했다.

“실드는 약한데…….”

처음 실드 마법이 실행되자 조금 실망스러운 진운이 입술을 내밀자 레이나는 보란 듯이 입가에 미소를 보이더니 실드 마법을 또 걸었다.

그리고 또 걸고, 또 걸고, 계속 실드 마법을 중첩시키기 시작한 것이다.

“와, 말도 안 돼…….”

옆에서 보고 있던 아이린도 레이나가 벌써 실드 마법을 스무 번까지 중첩시켜 압축하는 모습에 혀를 내둘러 버렸다.

아무리 마법 지식이 짧긴 하지만 레이나처럼 무식하게 실드 마법을 중첩시키는 것은 들어본 적도 없었으니 말이다.

─이 정도면 미사일이 떨어져도 한 번은 버틸 거야.

그리고 무려 50번이나 실드 마법을 중첩시켜서 압축한 것으로 진운을 감싸 버린 레이나는 싱긋 웃었고, 진운은 고개를 흔들어 버렸다.

“상식이 통하지 않는 파티구만…….”

물론 가장 상식이 통하지 않는 사람은 진운 본인이었지만 정작 본인은 그걸 모르는 듯했다.

인공위성을 맨몸으로 설치하러 하늘로 올라가는 사람이 과연 상식적일 수가 없으니 말이다.

“갔다 올게.”

　그러고는 사라져 버린 진운은 마치 보이지 않는 계단을 껑충~ 뛰어 올라가듯 천천히 하지만 확실하게 하늘로 올라가 버렸다.

"가장 괴물은 바로 진운이었어……."

아이린이 한마디 하자,

―그래도 진운은 진운일 뿐이지. 후후훗…….

레이나가 아이린의 말을 받듯 한마디 하자 아이린도 조용히 고개를 끄덕이면서,

"하긴 그래요, 저런 괴물 같은 능력을 배울 수만 있다면… 참, 부러울 게 없는데 말이죠……."

아이린은 그저 그냥 부러워서 생각없이 한 말이었다.

하지만 조용히 그들 뒤에서 진운이 사라지는 모습을 끝까지 지켜본 리엘이 눈동자가 반짝이는 것을 아무도 모르고 있었다.

"에휴, 고생 좀 했네."

거의 몇 시간 만에 내려온 진운은 갑자기 하늘에서 뚝 떨어지듯 모습을 드러내더니 일행에게 돌아왔다.

―오래 걸렸네?

그냥 대륙의 중력이 0이 되는 지점에 놓고 오기만 하면 되는 걸로 생각했던 레이나는 진운이 오래 걸리자 한마디 했지만 진운은 한숨을 내쉬면서,

"아무래도 우리가 갈 곳이 대륙의 북쪽이잖아. 그리고 대륙은 지구와 달리 땅덩어리가 서로 떨어져 있는 것도 아니고 말야. 그래서 정지위성으로 만들려고 대륙의 자전 속도와 맞춰본다고 좀 오래 걸렸어."

─……?????

진운이 지금 말하는 것이 뭔지 전혀 모르겠다는 듯한 레이나와 달리 아이린은 손뼉을 치면서,

짝!

"아, 맞네. 굳이 움직일 필요가 없으니……. 그렇네요."

아이린은 진운이 한 말을 대충 이해한 듯했다.

사실 정지 위성이라고 해서 한곳에 정지해 있는 것이 아니었다.

지구의 자전속도와 똑같이 따라서 움직이고 있는 것이다.

그래야 자전을 하는 땅 위에서 보면 한곳에 계속 머물러 있을 수 있으니 말이다.

그래서 대륙의 자전 속도를 모르니 몇 시간 동안 기다리면서 속도를 맞출 수밖에 없었던 것이다.

"역시 이해해 주는 사람이 하나 있는 게 참 기쁘구나."

진운이 나직이 아이린을 칭찬하자 슬쩍 리엘이 곁으로 다가오더니 진운을 빤히 쳐다보는 게 아닌가?

"응?"

진운이 왜 그러냐는 듯 쳐다보자 그냥 물끄러미 진운을 쳐다보기만 하는 리엘이었다.

그러더니 슬쩍 진운의 손을 들어 자신의 머리 위에 올리더니,

스윽~ 스윽~

자기 손으로 움직여서 머리를 쓰다듬었다.

그런 리엘의 모습에 진운이 웃으면서,

"부러웠구나."

다른 이들과 달리 리엘은 아무래도 노예였던 출신 때문이라도 소심할 수밖에 없었다.

그렇다 보니 스스로 먼저 다가와서 무언가 해달라고 한 적은 처음 만났을 때 빼고는 오랜만이라 오히려 기분이 좋은 진운이었다.

"그럼 어디 위성에서 좌표를 받아볼까?"

시리에게 받은 시계를 그대로 차고 있었기에 시계를 이용해서 너무나 간단하게 대륙의 모든 좌표를 얻은 레이나는 곧바로 공간 이동 좌표를 계산해 내버렸다.

물론 좌표를 외우는 것은 진운의 몫이지만 말이다.

Chapter 13
너 내 딸 할래?

"여기가 엘프의 숲?"

진운이 공간 이동으로 모두를 데리고 도착한 곳은 하늘 높이 솟아 있는 커다란 나무와 함께 높은 나무들 사이로 햇빛이 비추는 숲이었다.

어림잡아도 끝이 보이지 않는 숲의 모습에 진운은 필리핀에서 느꼈던 정글과는 또 다른 느낌을 받았다.

그런데 숲을 감상한 지 얼마나 되었을까?

슝~!

덥썩!

갑자기 날아든 화살 하나를 낚아챈 진운이 입맛을 다시
면서,

"엘프들은 무조건 화살부터 쏘는 게 인사법인가 보네."

정확하게 진운 자신의 팔을 노리고 날아온 화살이었기에
살짝 기분이 나쁘긴 했지만, 허락없이 이곳에 들어온 것은
자신들이었으니 그냥 우선 참기로 했다.

그나마 어린 리엘이나 아이린을 노리지 않았기에 이 정
도였을 뿐이었다.

―잠시만 기다려.

진운이 낚아챈 화살이 엘프 특유의 방식으로 만든 화살
인 것을 알아챈 레이나가 곧장 뛰어올라 나무 위로 올라가
더니 어디론가 사라져 버렸다.

그리고 확실히 처음 화살은 그냥 단순히 경고를 위해서
였는지 더 이상 화살이 날아오지도 않았고 말이다.

"잠시 기다려 보자. 우리는 현재 불청객이니까 말야."

굳이 레이나와 같은 엘프와 충돌을 일으키기 싫은 진운
이 나직하게 말하자 다들 주변을 살펴보기만 할 뿐 움직이
진 않았다.

타타탁!!

"……."

조금 지났을까?

진운의 감각에 여러 명이 빠르게 나무 위로 움직이는 것이 느껴졌고, 조금 있으니 마치 나무 위에서 번지 점프를 하듯 가볍게 뛰어내리는 엘프들을 볼 수 있었다.

사뿐~

거의 10미터는 넘어 보이는 높이에서 뛰어내렸지만 무슨 스펀지 위에 내려앉듯 가볍게 착지하는 엘프들의 모습은 확실히 대단하긴 했다.

물론 진운은 아직도 첫 번째 화살을 쏜 것에 살짝 기분이 상해 있지만 말이다.

ㅡ진운.

땅으로 내려온 엘프들 가운데 레이나도 있었고 진운에게 다가오더니 같이 온 여성 엘프를 소개했다.

ㅡ진운, 인사해. 어머니셔.

"……."

순간 레이나의 말을 듣고 고개를 갸웃거린 진운이었다.

ㅡ후훗, 왜 그리 당황해?

"아니, 너무 젊어 보여서……."

아무래도 레이나의 어머니라는 말에 좀 더 나이가 들었을 것으로 생각했던 진운의 예상이 산산이 부서져 버렸다.

레이나와 비교해도 딱히 언니로 보이지도 않을 만큼 동안에 미모도 대단했으니 말이다.

"실례했습니다. 워낙, 젊어 보이셔서……."

진운이 뒤늦게 사과하자 그저 웃으면서 받아주는 레이나의 어머니였다.

─이야기 들었어요, 레이나가 찾은 반려라고 하더군요.

"네."

그 짧은 순간에 참 많은 이야기를 했다고 생각이 드는 진운이었지만 이번 대답만큼은 망설임이 없었다.

아니, 망설여서는 안 되는 대답이기도 했다.

─엘프의 숲에 온 걸 환영해요~

레이나의 어머니의 허락이 떨어지자 그제야 정말 엘프의 숲에 온 것을 실감할 수 있는 진운과 일행이었다.

허락이 떨어지자 놀랍게도 가장 뒤에 있던 남성 엘프가 다가오더니 정중하게 진운에게 사과하는 것이다.

왜냐고 물어보니 조금 전 화살을 쏜 것이 바로 본인이라고 했다.

뭐 처갓집에 온 마당에 화내기도 그래서 그냥 가볍게 웃으면서 풀어버린 진운이었지만 그냥 궁금한 것이 있어서 왜 자신을 쏜 것이냐고 슬쩍 물어보자,

─기사를 건드리면 군대가 와서 보복하기 때문입니다. 그리고 여자와 아이를 쏠 수는 없는 법이니 어쩔 수 없이 당신을 선택하게 되었습니다.

라고 말하자 진운도 약간은 남아 있던 감정을 풀어버렸다.

엘프의 입장에서는 어쩔 수 없는 선택이었고, 진운도 그 정도는 이해를 했으니 말이다.

하지만 남성 엘프는,

―하지만 설마하니 제 화살을 맨손으로 잡을 줄은… 몰랐습니다.

진운이 화살을 잡은 것에 매우 놀라고 있었다.

일부러 경고 차원에서 가장 부상 부위가 적으면서도 나중에 숲을 빠져나갈 때 크게 지장이 없는 팔을 노리긴 했지만 엘프의 화살은 일반적인 화살보다 가늘면서도 약간 짧은 것이 특징이었다.

그렇다 보니 멀리서 쏴도 속도와 위력이 잘 죽지 않아 웬만한 기사들도 검으로 쳐내는 것이 전부였는데, 진운이 그 역사를 깨뜨려 버렸다.

"뭐, 가진 재주가 이것뿐이라서요."

진운은 별거 아닌 것처럼 말했지만 남성 엘프는 진운을 보는 눈빛이 왠지 호기심이 가득한 눈빛이었다.

일반적으로 엘프는 적이 많은 편이었다.

노예제도가 공식적으로는 불법이지만 이미 공공연하게 노예를 사고파는 곳이다 보니 특히나 엘프가 인기가 많을 수밖에 없었다.

본래 사람이라는 동물은 희귀하고 가지기 어려울수록 욕심을 내는 법이니 말이다.

그러다 보니 엘프들은 크든 작든 실전 경험이 많았다.

거기다 수명이 길다 보니 작은 실전 경험이라도 그게 시간이 지나면서 쌓이고 쌓이면서 웬만한 전쟁을 치른 병사들 못지않은 경험이 쌓일 수밖에 없었다.

지금 진운을 호기심 어린 눈으로 쳐다보는 남성 엘프도 그중 하나였다.

보기에는 이십대처럼 보이지만 그의 나이가 벌써 400살이 넘은 상태였다.

400년 동안 싸운 경험이 얼마나 많겠는가?

거기다 가장 먼저 진운을 발견하고 화살을 쐈다는 것은 가장 최전방에 있었다는 말이었다.

그 말은 가장 경험이 많다는 말도 되는 것이었다.

엘프들은 가장 경험이 많고 판단력이 좋은 엘프를 최전방에 세워서 빠르게 적과 아군을 구분해 대처하는 게 전통이었다.

한마디로 지금 진운 앞에 있는 남성 엘프가 엘프 마을에서 가장 경험이 많고 강한 편이었다.

강자는 강자를 알아보는 법이었다.

지금까지 그 누구도 자신의 화살을 잡지 못했는데 처음 보는 남자가 너무나 쉽게 잡아버렸으니 호기심이 생기는 것은 당연했다.

물론 그런 호기심이 진운에게는 귀찮을 뿐이지만 말이다.

—편하게 쉬도록 해요.

레이나의 어머니는 서슴없이 레이나가 쉬던 집으로 진운을 안내해 주고는 별다른 질문을 하지도 않았다.

마치 레이나가 좋으면 그걸로 됐다는 듯 말이다.

"레이나."

—응?

"…그냥 이걸로 끝이야?"

—뭐가?

진운이 무슨 말을 하는지 모르겠다는 듯한 말투에 결국 진운이 먼저 말해 버렸다.

"딸을 달라고 왔는데 아무런 것도 안 물어봐?"

지구 같은 경우 아주 난리가 나도 몇 번이나 난리가 났을 법한 상황인데 마치 평소에 잘 알던 사람이 온 것처럼 편안하게 대하기만 할 뿐, 그 어떤 질문도 하지 않는 모습에 오히려 진운이 당황해서 물어보자,

—왜 물어봐야 하는데?

“허얼…….”

오히려 진운이 이상하다는 듯 레이나가 되물어보자 옆에서 구경하던 아이린이 웃어버렸다.

“쿠쿠쿳, 아무튼 두 사람을 보면 정말…….”

—왜?

레이나는 아이린도 이해가 안 간다는 듯 말하자 결국 아이린이 레이나에게 인간들의 결혼에 대해서 설명을 해주자 오히려 어이없다는 표정으로 진운을 보더니,

—인간들은 정말 그래?

“…….”

지금 자신보다 더 황당해하는 레이나를 보면서 진운은 뭐라 할 말이 없었다.

—왜 스스로 반려를 찾는 건데 그걸 부모님이 간섭하는 거지? 이해를 못하겠네.

“…진심이구나.”

정말 한 치의 의심도 없이 레이나는 부모님이 반려를 데려온 것에 대해서 물어보거나 간섭하는 자체를 전혀 이해하지 못하는 것이다.

정말 진심으로 말이다.

“후후후훗, 이해해요. 이건 엘프와 인간의 본질적인 차이니까 말이죠. 그리고 사실 대륙에서도 인간과 엘프가 결혼

한 적이 없어서 더욱 그럴 거예요."

논리적이고 어떻게 보면 계산적이기까지 하며, 멀리서 보면 이기적으로까지 보일 수 있는 게 엘프들의 생활이었다.

대륙에 대재앙이 벌어져도 자신들에게 피해가 없다면 엘프들은 절대로 나서지 않을 만큼 이기적이니 말이다.

하지만 엘프들에게는 그게 너무나 당연했던 것이다.

한정된 공간인 숲에서 수백 년에서 길게는 천 년에 가까울 만큼 살아가는 엘프들에게 인간들처럼 감정적이고 무언가에 탐욕적인 성격을 가진다면 스스로 버티지 못하고 무너져 버리고 말 것이기 때문이다.

무덤덤하게, 있는 대로 순응하며 조화롭게 하는 것은 인간과 달리 오랜 세월을 살아가는 수명 때문에라도 어쩔 수가 없었다.

진운만 봐도 아직 인간으로서의 습관과 생각이 남아 있는 편이니 말이다.

물론 성격은 자기 주변의 사람, 자기 가족만 괜찮으면 아무런 상관 않겠다는 것은 똑같지만 말이다.

"이만 우린 갈게요."

본과 아이린은 따로 커플이라는 말을 들었는지 작은 집을 배정해 주었기에 그곳으로 가버렸다.

그리고 혼자 남아버린 리엘만 진운의 눈치를 보고 있었다.

"넌 여기 있어도 괜찮아."

"정말요?"

진운이 있어서 된다는 말을 하자 그제야 안심한 듯 눈동자에 흔들림이 사라져 버린 리엘이었다.

그리고 진운은 고개를 돌려서 레이나를 똑바로 바라보더니,

"정식으로 청혼할게."

─응? 정말 하려고?

레이나는 진운이 한다는 청혼을 그냥 인간들의 의식으로 생각했을 뿐이었기에 진지한 진운의 모습에 살짝 당황했다.

그저 서로 마음이 맞아서 같이 살면 그게 결혼인 엘프의 습성이다.

독일에 있는 호텔에서 진운과 한방에 머물면서 이미 레이나는 결혼했다고 생각하고 있었는데, 진운은 그게 아닌 것이다.

"뭐, 그냥 형식이라도 남자는 그게 아니야."

─아무튼 고집은.

레이나는 진운이 끝까지 청혼이라는 것을 하려고 고집

피우는 모습에 웃으면서 받아주었다.

"나와 결혼해 주시겠어?"

진운이 살짝 긴장한 듯 말을 하자 레이나는 환하게 웃으면서,

―난 이미 유부녀야.

"……."

참 분위기 모르는 레이나였다.

"푸훗!!"

옆에서 보던 리엘까지 레이나의 말에 순간 웃음을 터뜨릴 만큼 레이나의 말은 엉뚱했으니 말이다.

"에휴, 내가 뭘 더 바라겠어."

그러고는 바로 레이나를 강하게 끌어안더니,

"죽을 때까지 함께하자."

나직이 레이나의 귓가에 속삭이자 레이나는 잠시 생각하더니,

―그럼 나 죽고 나면 새로 반려를 찾을 생각이야?

"……."

그저 그냥 아무 생각 없이 한 말이었지만 진운과 레이나의 상황을 보면 결코 해서는 안 되는 말이기도 했다.

레이나의 수명은 앞으로 길어봐야 700~800년이었다.

하지만 진운의 수명은 최소 1만 년이었다.

즉 엘프들만 반려로 맞이한다고 해도 진운은 죽을 때까지 여러 명의 엘프와 결혼할 수 있다는 것이다.

"하아……. 난 왜 결혼하고도 이렇게 복잡하냐……."

결국 진운이 한숨과 함께 푸념을 터뜨리자,

―후훗, 아무튼 죽을 때까지는 내 곁에 있어줘, 그 후에는 뭐 누굴 반려로 하든 난 상관없으니까.

레이나는 이미 진운을 받아들이는 순간 자신이 먼저 죽는다는 것을 냉정하게 인정하고 있었던 것이다.

"쩝……. 왜 신들이 죽지 못해서 안달이라고 하는지 이해가 되네……."

지금 진운 본인만 해도 기나긴 수명이 오히려 저주처럼 느껴지기 시작했으니 말이다.

이제 막 정식으로 청혼하고 결혼 생활을 시작하는 신혼이었기에 그런 생각은 더욱 강할 수밖에 없었다.

―그런데 진운.

"응?"

입은 오리 주둥이만큼 튀어나와서 혼자 투덜거리는 모습에 레이나가 웃으면서 부르자 그나마 조금은 입이 들어간 진운이었다.

―이제 뭘 할 거야?

"음, 뭐하지?"

─청혼도 했겠다. 남은 건 아이린을 도와서 아이린을 다시 백작 가문으로 만들어주는 것이 남았네?

"후훔……. 뭐 그걸 굳이 신경 써야 할까나 몰라."

─왜?

진운이 약속을 했기에 아이린을 도와주는 것이 당연하게 여기는 레이나였지만 진운은 그저 웃었다.

마스터에 오른 본과 체이탁을 가진 아이린이 움직인다고 생각해 보면, 과연 자신이 굳이 도와줘야 할 필요가 있는지 궁금해지기 시작했던 것이다.

물론 곁에 있긴 할 생각이었다.

아는 사람이 뒤통수 맞아 죽는 것은 보기 싫었기에 곁에는 있지만 진운은 말 그대로 곁에서 지키고만 있을 생각이었다.

복수는 본인의 손으로 해야 뒤끝이 깨끗하다는 것을 진운 본인이 더 잘 알고 있으니 말이다.

그리고 지금 아이린과 본이라면 충분히 복수하고도 남을 것이다.

뭐, 정말 이런 전력으로도 힘들다면 진운이 나설 생각도 있었다.

다만 그렇게 될 경우 아마 대륙에는 태풍이 몰아칠지도 몰랐다.

거대한 역사의 태풍이 말이다.

"그보다 레이나."

―응?

"우리 애는 몇 명이나 낳을까?"

―음……. 그게 잘 모르겠어.

"왜? 우리가 낳을 애인데."

―그게 엘프들은 평생에 한 명의 자식만 낳거든.

"…왜?"

전혀 뜻밖의 말을 들은 진운이 되물어보자,

―세계수가 그렇게 정했대, 이유는 아무도 몰라. 그리고 실제로도 엘프들은 한 명 이상의 자식을 낳은 적이 없었어.

"하아……. 외동아들이나 딸이면 곤란한데……."

―응? 곤란하다니 왜?

진운이 심각하게 실망한 표정으로 한숨을 내쉬자 레이나는 순간 덜컥 겁이 났다.

아무래도 자신이 엘프라서 어쩔 수 없는 상황이었기에 진운이 크게 실망한 것 같다는 느낌에 말이다.

하지만 그런 레이나의 생각과 달리 진운은 한숨을 쉬면서,

"외동이면 버릇없이 크잖아, 오냐오냐해서 말야."

―…….

이번에는 레이나가 할 말을 잃어버렸다.

겨우 그런 걸로 세상이 무너질 것처럼 한숨을 쉬면서 실망하는 표정을 지었다는 것에 말이다.

하지만 한편으로는 걱정도 되는 레이나였다.

엘프와 엘프 사이에서도 겨우 한 명만 낳을 수 있는 자식이었다.

하지만 거의 인간과 비슷하다고 하지만 엘프와 인간 사이에 자식을 낳았다는 이야기를 들어본 적이 없었던 것이다.

노예로 가끔 잡혀가는 엘프들도 결국에는 탈출해서 오는 경우가 가끔 있었다.

물론 성노예로 거의 수십 년을 살아가다가 가까스로 탈출한 것이다.

하지만 그 어떤 엘프도 자식을 낳아서 데려온 엘프가 없었다.

그리고 인간과의 사이에서 자식을 낳은 적도 없었고 말이다.

귀족들이 노예 중에, 특히나 성노예로서 엘프를 선호하는 것은 자신들이 늙어 죽을지언정 엘프는 늙지 않았고, 거기다 아무리 관계를 가져도 애가 생기지 않기에 가장 선호하는 편이었다.

한마디로 편하게 뒤탈이 없다는 것이다.

그렇지만 그런 레이나의 걱정을 모르는지 진운은 갑자기 굳게 결심한 듯 벌떡 일어서면서,

"좋았어. 우리 자식은 매로써 가르치는 거야. 절대로 버릇없게 키울 수는 없어. 암~ 그렇고말고."

뭔가 버릇없는 것에 대해 콤플렉스가 있는 것처럼 제법 반응이 강한 진운이었다.

"왜 그래?"

―응? 그게… 진운에게 할 말이 있는데.

아무래도 반려에게 뭔가 숨기는 것이 편하지 않은 레이나가 진운에게 힘겹게 입을 열었다.

―엘프와 인간 사이에서 자식이 생긴 적이 아직까지 없었어.

"응? 그게 무슨 소리야?"

―그게… 대륙 역사상 하프엘프가 태어난 적이 없다는 말이야, 단 한 번도.

"…정말로?"

―응, 미안해.

괜히 미안해지는 레이나였다.

여자가 결혼해서 자식을 낳는 것은 어쩌면 자연스러운 것이었다.

하지만 지금 레이나와 진운은 자식이 생길 가능성보다 낳지 못할 가능성이 더 많기에 차라리 모조리 말해서 진운이 어떻게 결정하든 그걸 따를 생각인 레이나였다.

설사 자신이 버림을 받더라도 말이다.

인간들에게 후손이라는 것이 얼마나 중요한지 레이나도 엘프지만 잘 알고 있기에 지금 많이 긴장하고 있었다.

"음……. 그럼 입양해야 되나?"

하지만 그런 레이나의 걱정과 달리 아무렇지 않게 진운은 입양을 고민하고 있었다.

그러다 슬며시 바로 앞에 있는 리엘에게 시선이 가더니,

"리엘."

"네? 진운님."

"너 내 딸 할래?"

마치 아무렇지 않게 한 말이었지만 리엘은 순간 얼어붙어 버렸다.

노예로서 살아온 자신이 누군가의 자식으로 입양된다는 것은 꿈에서조차 생각해 본 적이 없었으니 말이다.

반면 레이나는 별거 아닌 것처럼 생각하는 진운의 모습에 오히려 놀라고 있었다.

―진운, 괜찮은 거야?

"응? 아, 뭐, 약간 실망이긴 한데, 어쩌겠어? 안 생긴다는

데 그런 거랑 우리 결혼이랑은 별개잖아. 그리고 내가 설사 자식을 본댜고 해도… 아마 자식이 먼저 죽을걸. 몇 대나 걸쳐서 말야."

─그야 그렇긴 한데…….

진운이 너무 쉽게 받아들이자 레이나도 그제야 긴장이 풀린 듯 진운 옆에 앉았다. 그리고 리엘을 쳐다봤다.

"어때? 내 딸이 될래? 법적으로 뭐 절차가 필요한가? 여기는?"

지구에서는 입양하려면 뭐 여러 가지 조건도 봐야 하고 절차도 까다롭기에 그걸 걱정하는 진운이었다.

하지만 리엘은 잠시 진운을 쳐다보더니 앞으로 다가와서는 소지훈과 있을 때 배운 듯 엎드려 절을 했다.

그리고 일어서서,

"어머니, 아버지, 정리엘이 인사드려요~"

라고 말하며 굉장한 적응력을 보이며 환하게 웃었다.

"…정리엘……. 뭔가 어감이 이상하다. 소다슬도 그랬지만 우리 집안 내력인가, 입양한 애들마다 이름이 이상해지는 건……. 아니지, 대륙은 성이 뒤에 붙으니까 리엘 정… 음, 이건 괜찮네."

역시나 진운은 다슬이 때도 그랬지만 이상하게 이름에 민감하게 반응하는 편이었다.

─잘 부탁해, 리엘.

반면 레이나는 리엘에게 다가가 살며시 안아주었다.

그러자 갑자기 눈물을 흘린 리엘은,

"고맙습니다. 정말 고맙습니다. 어머니 아버지……."

결과적으로는 순탄하게 끝난 편이었다.

물론 진운이 본과 아이린을 따라 다시 대륙으로 나가게 된다면 어떻게 될지 모르지만 한동안은 엘프의 숲에서 신혼 생활을 즐기고 싶은 진운이었다.

『바벨의 탑』 완결

완결 후기

안녕하세요.

지금까지 글을 쓰면서 이렇게 후기를 남긴 적이 거의 없다 보니 조금 쑥스럽습니다.

전작인 현중귀환록을 쓰고서도 후기는 남기지 않았었는데 말이죠.

사실 이번 완결인 바벨의 탑은 현중귀환록의 외전 같은 글입니다.

읽어보신 분은 아시다시피 배경도 현중이 지구를 떠나고 10년 정도 시간이 흐른 뒤로 잡았거든요.

아마 처음에는 거의 느끼지 못하시다가 중간부터 현중귀환록에 나왔던 인물들이 하나씩 나오면서 아시는 분들이 제법 있을 겁니다.

다만 글의 주인공이 진운과 레이나였기에 다른 인물들은 조금 비중이 적은 편입니다.

물론 제가 생각한 대로 엔딩을 냈기에 나름 만족하고 있습니다.

이 글은 이렇게 완결이 되지만 지금 구상하고 있는 다른 글을 또 쓸 겁니다.

아마 그리 오래 걸리지 않을 것 같아요. ^^

많이 부족하지만 그래도 제 글을 읽고 구입해 주시는 분들이 있기에 저도 계속 글을 쓸 수 있는 겁니다.

읽는 사람이 없다면 글 쓰는 입장에서 그것만큼 슬픈 게 없거든요.

가능하면 다음 글에서는 조금이라도 필력이 더 늘었다는 말을 듣고 싶은 푸른하늘입니다.

그동안 기다려 주세요.

기다리는 분들이 있다는 생각을 하면 아무리 힘들고 고통스러

워도 다시 컴퓨터 앞에 앉아 어느샌가 키보드를 두드리고 있는
저를 발견하게 되거든요.

아마 다음 글도 현대물 아니면 판타지물일 것 같습니다.

다만 조금 특이한 내용으로 찾아뵐 것 같아요.

그럼 그때 다시 뵐게요.

푸른하늘 올림.